Jacek,

Wacek i Pankracek

Jacek, Wacek i Pankracek

Mira Jaworczakowa

Ilustrował
Mieczysław Kwacz

Nasza Księgarnia

Projekt okładki *Joanna Rusinek*

Jacek

Zwykle jest tak, że rano babcia budzi Jacka:

– Wstawaj, Jacusiu, dzień dobry!

A dziś właśnie Jacek stoi i ciągnie leciutko babcię za rękę.

– Wiesz, co, babciu? Mnie się zdaje, że już zaraz musimy iść.

Babcia otwiera oczy.

– Dokąd chcesz iść, Jacusiu?

– Zapomniałaś, babciu? Do szkoły!

Babcia oczy przeciera, patrzy na zegarek.

– O świcie nie zaczyna się żadna szkoła. Możemy spać jeszcze całą godzinę.

– Szkoda! – mówi Jacek. – Tylko czy ty się, babciu, nie pomyliłaś?

– Nie – mruczy sennie babcia. – Idź spać, Jacusiu.

Więc Jacek idzie do swego łóżka.

Ale po drodze...

„Ojej! – myśli sobie. – Zdaje mi się, że zapomniałem wczoraj włożyć piórnik do tornistra".

Taką rzecz trzeba koniecznie sprawdzić. Jacek otwiera tornister: wszystko w nim jest na miejscu, i piórnik też. Nawet mały, drewniany strażak siedzi w tornistrze. Dawniej strażak wspinał się wspaniale po sznurku, ale od kiedy sznurek się urwał, nie ma już się po czym wspinać. Jacek na pocieszenie obiecał, że do szkoły będą chodzili razem.

– Jacusiu, kładź się zaraz – mówi babcia.

– Dobrze, tylko tornister zapnę.

Właśnie kiedy już zapiął, przypomniał sobie, że nie bardzo dobrze pamięta, jak wygląda ta nowa temperówka, którą wczoraj dostał.

Więc znów tornister otworzył, wyjął piórnik, a z piórnika temperówkę.

– Jest właśnie taka śliczna, jak sobie myślałem – powiedział głośno.

– Co... co śliczne? – Babcia obudziła się na dobre.

– Temperówka. I mnie się zdaje, babciu, że teraz jest już na pewno ta godzina, o której trzeba wstać, żeby pójść do szkoły.

– Mnie się też zdaje, że lepiej wstać – powiedziała babcia – bo i tak nie można spać, kiedy ty wciąż wkładasz i wyjmujesz rzeczy ze swego tornistra.

Jacek się ucieszył.

– O, widzisz, babciu!

A potem spytał:

– Może ja dziś umyję uszy dwa razy?

Westchnął przy tym, bo mycie uszu wcale nie wydawało mu się czymś przyjemnym.

Mają one taki zwyczaj, że wcale nie dają się umyć tak zaraz raz, dwa, trzy...

Potem wstali mama i tatuś, i razem z babcią powiedzieli:

– Wszystkiego dobrego, Jacusiu! Dziś twoje święto.

Mama jeszcze dodała:

– Pamiętaj, bądź grzeczny w szkole!

A tatuś:

– Żebyś się dobrze uczył!

I babcia:

– Tylko nie zapomnij, Jacusiu, wziąć szalik, jak będziesz w szkole wybiegał na podwórko.

Jacek wszystko obiecywał i mówił: „tak, tak", „dobrze", i skakał po całym pokoju, a potem pobiegł myć się.

– Co to?! – zawołała za nim mama. – A tornister jest niespakowany? Wszystko rozłożone na stole: piórnik, temperówka...

– Oj, zapomniałem!

Tornister za chwilę został spakowany; a jeszcze trochę i Jacek się umył.

– Pokaż uszy – mówi mama. – Jacusiu, nie umyłeś wcale uszu!

– Dwa razy! – zapewnia z oburzeniem Jacek.

– Widocznie nie bardzo dobrze.

Zabrała się mama do uszu – od razu zrobiły się czyste.

– Teraz się ubieraj.

Ale ten Jacek: jaki dziś wystrojony! Ubranie odświeżone, koszula czyściutka, a skarpetki to już zupełnie nowe. Uczesany, siada do śniadania.

Mama i tatuś już zjedli i wychodzą właśnie do pracy.

– Do widzenia! – wołają jeszcze od progu.
– Do widzenia! – odpowiadają im babcia z Jackiem.
– Babciu – kręci nosem Jacek – wcale mi się nie chce jeść. Wiesz co? Chodźmy już do szkoły.
– No, możemy – mówi babcia – tylko wątpię, czy przyjmą do szkoły takie dziecko, które nie umie jeść grzecznie...
– Nie żartuj, babciu!
– Zapytamy twojej pani.
Jacek woła prędko:
– Nie! Wiesz, babciu, lepiej nie pytaj. Ja tylko tak mówiłem... Naprawdę to jem i mleko piję. Widzisz, ile wypiłem?
– Chyba że tak – zgadza się babcia. – Dobrze, nie zapytam.
Po śniadaniu można już włożyć płaszcz i beret, i tornister.
Idą drogą Jacek z babcią, idą do szkoły. A ile dzieci idzie przed nimi, ile za nimi!
W szkole babcia pokazuje:
– Widzisz, tu jest twoja klasa: pierwsza d. Przed drzwiami tej klasy stoi pani i trzyma za rękę dziewczynkę z warkoczykami.
– Auuu! – płacze dziewczynka. – Chcę do mamyyy...
– Chodź, pójdziemy do klasy – mówi pani.
Jacek mocno łapie babcię za rękaw.
– Ja nie chcę... Mamuuusiu! – płacze dalej dziewczynka.
„Beksa" – myśli Jacek i puszcza babciny rękaw.
– Do widzenia, Jacusiu! – Babcia całuje go we włosy i długo wyciera nos chusteczką, chociaż wcale nie ma kataru.
– Do widzenia, babciu! Tylko nie zapomnij przyjść po mnie.
– Nie, Jacusiu, nie zapomnę.
I babcia odchodzi korytarzem.
A Jacek zostaje zupełnie sam, tylko z tym strażakiem, który – stuk, stuk – postukuje cichutko w tornistrze.

– Chodźmy! – mówi pani. Kładzie jedną rękę na ramieniu pochlipującej dziewczynki, drugą na ramieniu Jacka. – Tu jest wasza klasa, tu wasi koledzy.

Jacek stoi w progu i nie wie, co robić. W klasie jest dużo, dużo dzieci. Wszystkie stoją, rozglądają się dokoła, na tablicę patrzą, na ławki…

Nie znają się wcale.

I nagle zaczyna dzwonić dzwonek: srebrzyście wyśpiewuje piosenkę o tym, że się już rozpoczął rok szkolny…

Wacek

Siedzą razem w trzeciej ławce już od paru dni: Jacek i chłopiec w granatowym sweterku. Chłopiec ma zadarty nos i oczy okrągłe jak dwa czarne, świecące guziki. Jak się nazywa, Jacek nie wie. Patrzą bokiem na siebie, ale nie gadają.

Raz na pauzie wybiegli przed szkołę na podwórko. Chłopiec biegnie naprzód, ogląda się na Jacka. Jacek go goni, goni… dogonił.

– Umiesz się ścigać? – pyta chłopiec.

– Aha!

– To się ścigajmy!

Ech! Jacek został w tyle. Zadyszeli się obaj, ale się śmieją. Stoją jeden obok drugiego, patrzą na siebie.

Jacek wyjmuje z kieszonki strażaka.

– Ooo! – mówi chłopiec. – A ja mam wiatraczek.

– Pokaż!

– Ale w domu mam.

– Gdzie jest twój dom? – pyta Jacek.

– Ten z małym ogródkiem. Wiesz?

– Nie.

– A gwizdać umiesz?

– Nie umiem – martwi się Jacek i prędko dodaje: – ale umiem śpiewać jedną piosenkę. Taka jest, o… Zapomniałem…

– To nic – mówi chłopiec. – Wiesz, skaczmy na jednej nodze, chcesz?

Przeskakali resztę pauzy.

Na drugiej znów gonitwa i skoki. Razem wracają do klasy. Po drodze chłopiec pyta:

– Jak się nazywasz?

– Jacek.

– To znaczy Jacek-Placek!

– Wcale nie! Tylko Jacek, i już! A ty?

– Co ja?

– Jak się nazywasz?

– Wacek.

Siedzą więc razem w ławce: Jacek i Wacek. Piszą na lekcji pierwsze literki.

Jacek ma pisać „a", ale zapomniał o zakręconych pałeczkach z boku i stawia same kółka…

Wacek mocno przyciska ołówek do papieru; tak się stara, że aż język wysunął.

Aż tu – trrrach!

– Oj, ołówek mi się złamał!

– Zatemperuj – radzi cicho Jacek.

Wacek siedzi, i nic.

– No, temperówką! – szturcha go Jacek. Wacek dalej siedzi, i nic. Więc Jacek pyta:

– Nie masz?

– Nie – mówi ponuro Wacek.

Jacek wyjmuje prędko swoją temperówkę i kładzie przed nim.

– Wiesz co? I ty też nią temperuj. Chcesz?

Wacek chce. Ostrzy ołówek i prędko, prędko, chociaż bardzo krzywo, wypisuje w zeszycie literki…

Kiedy Jacek wraca z babcią do domu, ogląda uważnie ulicę. Przy małym, drewnianym domku z ogródkiem przystaje.

– Aha, to pewnie tu…

Babcia pyta:

– Co takiego, Jacusiu?

Jacek mówi bardzo poważnie:

– Tutaj mieszka Wacek. Wiesz, babciu, Wacek – mój kolega.

...i Pankracek

Jedna dziewczynka w klasie nazywa się Basia. Ma czerwoną kokardę we włosach.

A znów chłopiec siedzący w pierwszej ławce – to Wojtaszek.

Dziewczynka, która tak płakała na początku roku szkolnego i wołała „mamusiu!", ma na imię Stachurka.

Za Jackiem i Wackiem siedzi pyzaty chłopiec. Powiedział, że nazywa się Pankracek.

– Widzisz go! – oburzył się Wacek. – „Pan" mówi się do dorosłych, a on tak o sobie...

– Nosa zadziera – potwierdził Jacek.

Zawsze się z Wackiem zgadzają. Jak koledzy – to koledzy. Nawet gdy lepią z plasteliny, to jednakowo: Jacek – marchewkę i Wacek marchewkę. Wacek – samolot i Jacek samolot.

Więc teraz też się zgodzili. I że oni nie będą do tego chłopca mówili „Pan Kracek", tylko zwyczajnie „Kracek", i już!

Ale potem pani do pyzatego chłopca powiedziała:

– Masz bardzo starannie obłożone książki.

Pyzaty chłopiec rozejrzał się po całej klasie, czy wszyscy dobrze słyszą, jak go pani chwali.

Wszyscy słyszeli i bardzo mu zazdrościli.

Wtedy Jacek szepnął do Wacka:

– Może on się będzie z nami ścigał?

Więc na pauzie Wacek, ledwie wstał z ławki, pyta:

– Kracek, będziesz się z nami gonił?

– Co? – wytrzeszcza oczy pyzaty chłopiec.

Wacek się trochę zmieszał.

– Myśleliśmy, że umiesz! Masz tak oprawione książki, to myśleliśmy, że i ścigać się też...

– No, Kracek, nie chcesz?

Pyzaty chłopiec biegnie do pani.

– Proszę pani, proszę pani, oni się przezywają!

Pani przyszła, pyta: jak i co?

Jacek się zrobił czerwony, Wacek też.

Ale mówią:

– Nie przezywaliśmy.

– Przezywali! – woła pyzaty chłopiec. – Mówili na mnie „Kracek"!

Pani się roześmiała i wytłumaczyła, że to takie imię: Pankracek, i wcale nie znaczy, że mówi się do chłopca „pan".

– Jacek, Wacek i Pankracek – powiedziała pani – pogódźcie się teraz i idźcie się bawić na podwórko do dzieci.

Stali jeszcze chwilę, patrzyli na siebie: Jacek z Wackiem na Pankracka. Pankracek – na Jacka i Wacka.

– Chodźmy! – zawołał Jacek. – Pani kazała, żebyśmy się bawili. Nie słyszeliście?

Słyszeli i wiedzą: jak pani coś powie, to tak musi być.
– W co będziemy się bawić? – pyta Pankracek.
Jacek woła:
– W berka!
Jacek bardzo lubi biegać.
– Albo w żołnierzy – proponuje Wacek.
Pankracek nie chce.
– Ja wolę w szoferów.
Zgodzili się.
Siedzą na belce, która leży na podwórku, trąbią głośno: tru-tu-tu!
A po lekcjach razem wracają do domu – trzej koledzy z pierwszej d: Jacek, Wacek i Pankracek.

A ty sobie stój

Ta Stachurka jest taka jakaś dziwna…
Na lekcjach, trzeba przyznać, uważa. Siedzi w drugiej ławce i oczu z pani nie spuszcza. Od razu widać, że pilna z niej

uczennica. Ale za to na podwórku stanie z boku, ręce wsadzi do kieszonek fartuszka, głowę przekrzywi i z daleka dzieciom się przygląda.

Dzieci wzięły się za ręce, chodzą w koło, śpiewają:

Ta Dorotka, ta maluśka, ta maluśka,
Tańcowała dokoluśka, dokoluśka...

– Stachurko, baw się z dziećmi – radzi pani.

Stachurka uśmiecha się, ale odsuwa się na bok.

– Dlaczego ona taka? – pyta Basia.

– Nie chce się bawić, to nie! – mówi Jacek.

– Pewnie. – Wacek kiwa głową.

Bo i co im tam Stachurka?

Ale Basia dalej swoje:

– Nie umie się bawić czy co?

Przybiegł Wojtaszek.

– Może ta Stachurka jest nieśmiała? Może nie chodziła do przedszkola...

– Aha, aha! – woła Basia. – Ja wiem, ona się pewnie wstydzi podejść do nas. Ona nie chodziła do przedszkola!

Jacek, Wacek i Pankracek stoją z boku, słuchają. Wacek parska śmiechem:

– Hi, hi, hi! Cha, cha! Jakie są dziewczynki. A ja się właśnie nic a nic nie wstydzę.

– Ja też nie! – podskakuje Jacek.

– Ja tam też, wcale! – nadyma się Pankracek.

– Biegnijmy do dzieci! – wołają.

Pobiegli. Żeby nie było potem, że jak do przedszkola nie chodzili, to nie wiedzą, nie umieją... Oni nie umieją? Jacek, Wacek i Pankracek?

Już chodzą, już śpiewają. Dumnie patrzą na Stachurkę.

„Widzisz, jacy my jesteśmy? A ty sobie stój! Bo jesteś gapa i w dodatku dziewczynka!"

Stachurka stoi obok, tylko się przygląda...

Aż tu... Co to?

Ani się Stachurka obejrzała, jak ją Wojtaszek złapał za rękę. Za jedną rękę złapał Wojtaszek, za drugą Basia. I Stachurka, chce czy nie chce, musi chodzić z dziećmi w koło.

„Stary niedźwiedź mocno śpi" – śpiewają dzieci.

I nagle cienki, ładny głosik dołącza się do chóru.

Stachurka chodzi w koło, uśmiecha się... A koło niej Basia i Wojtaszek takie mają miny zadowolone!

Za to Jacek, Wacek i Pankracek wcale nie mają min zadowolonych ani dumnych, tak jak przedtem.

Patrzą, patrzą; usta otworzyli szeroko – zupełnie jak gawrony.

Niebieski samochód

Pankracek przyniósł dziś do szkoły coś ślicznego! Nie od razu pokazał.

Wsadził rękę do kieszeni i pyta:

– Zgadnijcie, co mam!

Wacek zaraz zawołał:

– Scyzoryk!

Jacek:

– Wieczne pióro!

Ale Basia powiedziała:

– Aha: scyzoryk, wieczne pióro! Takie rzeczy mogą mieć tylko dorośli, o, ci z czwartej klasy...

Więc Pankracek już nie czekał. Wyjął z kieszeni zaciśniętą pięść, położył na ławce, otworzył i...

– Oooo! – wyszeptali wszyscy, bo nawet głosu nie mogli z siebie wydobyć z zachwytu.

Na ławce stał malutki, prześliczny, niebieski samochód!

– No? – podniósł wysoko nos Pankracek.

Ale to jeszcze nie wszystko. Samochodzik nie taki, żeby tylko stał na miejscu, i nic więcej; samochodzik jeździ, gdy się go nakręci kluczykiem. I mało że jeździ: zakręcać nawet potrafi.

Puszczają go na podłodze. Pankracek nakręca i puszcza, a wszyscy przykucnęli naokoło.

– Ten Pankracek... Jaki szczęśliwy! – mamroce Jacek i oczy mu aż wyskakują do niebieskiego samochodziku.

Wacek powiada:

– Daj, Pankracek! Raz ja nakręcę kluczykiem.

Wojtaszek też prosi:

– A potem ja, potem ja! Dobrze?

Pankracek zabiera z podłogi samochodzik, chowa go za siebie.

– Nie. Ja sam będę nakręcał.

– Ojej! – nie wytrzymuje Jacek. – Przecież ci nikt nie popsuje! Pobawimy się razem, daj!

– Nie dam – upiera się Pankracek. – To mój samochód. Dostałem go na zawsze.

Wojtaszek jeszcze próbuje:

– No daj! Raz tylko...

Wtedy mała Basia woła:

– Iiii tam! Wielkie rzeczy! Nie potrzeba wcale!

Wacek dodaje:

– To sobie sam nakręcaj!

Tego dnia Jacek, Wacek i Pankracek nie wychodzą ze szkoły jak zawsze razem.

Jacek idzie z Wackiem.

Gdzieś tam daleko za nimi wlecze się Pankracek. Sam. Ze swoim niebieskim samochodem…

Ojej, jej, jej!

Mama Wacka stawia na stole talerz z herbatnikami.

– Przyjdą koledzy, to ich poczęstujesz.

– Po ile im dać? – pyta Wacek. – Po jednym czy po dwa?

Nigdy jeszcze nie przychodzili do niego koledzy. Dziś przyjdą pierwszy raz: Jacek i Pankracek.

– Więc, mamo, po ile?

– Poprosisz ich: „Proszę bardzo, jedzcie, na zdrowie", a oni sobie sami wezmą.

– Dobrze! Tylko zabierz z sobą Magdzię i Kasię. One są małe i będą nam przeszkadzały.

Mama zabiera ze sobą Magdzię i Kasię, młodsze siostrzyczki Wacka.

– Chodźcie, pójdziemy na spacer. Pamiętaj, Wacek, nie wolno łazić po parkanie!

Mama Wacka wychodzi na drogę i mija dwóch chłopców. Jeden jest cienki i wysoki, na głowie ma kręcone, jasne włosy i brwi takie jasne, że ich prawie wcale nie widać.

„To pewnie Jacek" – myśli mama Wacka.

Drugi chłopiec, z pyzatą buzią, oczy ma jak dwie ciemne szparki. Idzie i sapie.

„Aha! Pankracek".

I to naprawdę są oni.

Wacek wybiega do ogródka na spotkanie.

– Masz ładne kwiatki – mówi Jacek.

A Pankracek zaraz:

– Pokaż zabawki.

W domu rozglądają się ciekawie.

– A gdzie jest drugi pokój? – pyta Pankracek.

– Nie ma – dziwi się Wacek. – Po co drugi?

– A kuchni nie masz?

– Mamy kuchnię!

Wacek odsuwa zasłonę w kwiatki. Za zasłoną jest piec i półka na naczynia.

– U nas są dwa pokoje i kuchnia osobno – opowiada Pankracek.

Wacek nie wie, czy to lepiej niż u niego: czy koniecznie kuchnia ma być osobno. Bierze z talerza herbatniczek i gryzie.

– Babsa – mówi z pełną buzią.

– Co? – pytają ciekawie Jacek i Pankracek.

– Mapsa.

– Co to jest?

– Hau, hau! – słychać za drzwiami.

Wacek przełknął herbatnik.

– Kleks! Kleks! – woła.
– Ojej! Pies! – Jacek wyskakuje do drzwi.
Pankracek przysiada na podłodze.
– Co? Widzicie? – mówi dumnie Wacek, pakując sobie znów herbatnik do ust.
– Ma psa i nic nie mówi! – oburzają się Jacek z Pankrackiem.
– Mówiłem.
– Nieprawda!
– Przed chwilą mówiłem! – zapewnia Wacek. – Mówiłem „mam psa", a wy „co i co?".
– Mówiłeś „babsa" i „mapsa" – upiera się Pankracek.
– Aha! – śmieje się Jacek. – Bo jak się je i mówi razem, to tak wychodzi. I... i to jest nieładnie!
Wacek się zawstydził, sięga po herbatnik.
– Kleks! Daj łapę! – prosi Pankracek.
– Kleks! Służyć! – woła Jacek.
Kleks nie wie, co ma robić. Siada na podłodze i macha ogonem.
Cały, calutki jest czarny, tylko koło ucha ma białą łatkę.
– Damy mu herbatnik!
Wacek dał Kleksowi herbatnik, a przy okazji sam schrupał jeden.
Jacek patrzy na Wacka.
– One są słodkie? – pyta.
A Pankracek aż się oblizał.
– Ja też lubię herbatniki.
Wacek robi się nagle strasznie czerwony.
– Proszę bardzo! – woła prędko, nie patrząc na talerz. – Jedzcie, na zdrowie. Proszę bardzo.
– Co? – pyta Pankracek.
– Kiedy... tego... dziękuję – bąka Jacek.

Wacek bierze talerz... No tak, ten sam, który mama postawiła. Talerz jest rzeczywiście ten sam, tylko... co się stało z herbatnikami?

– Zjadłem! – szepce Wacek.

– Wszystkie? Zupełnie wszystkie? – martwi się Pankracek.

Jacek wzdycha:

– Na pewno były bardzo słodkie...

Kleks przysiada na łapach, podskakuje, jakby mówił:

– E, co tam wasze herbatniki! Lepiej bawcie się ze mną!

Ale Wacek jest bardzo niezadowolony: taki Kleks to się cieszy! Wcale nie potrzebuje wiedzieć, że jak koledzy przyjdą, to... Jak mama mówiła? „Proszę bardzo, jedzcie, na zdrowie..." A wszystko przez te głupie herbatniki.

Co tu teraz zrobić?

– Nie lubię herbatników! – woła ze złością Wacek. – Wcale nie lubię! A te były – gorzkie.

– Gorzkie? – dziwią się Jacek z Pankrackiem.

– Tak: gorzkie i słone, i bardzo niesmaczne – wylicza Wacek. – Takie, że brrr! – otrząsa się ze wstrętem.

– To pewnie zepsute – mówi Pankracek.

– Zepsute, właśnie!

– Wiesz, po takich zepsutych może brzuch boleć – niepokoi się Jacek.

– Tak! – krzyczy uradowany Wacek i zaraz łapie się za brzuch. – Myślicie, że mnie nie boli? Już mnie boli! Jeszcze jak!

W ogródku skrzypnęła furtka: wraca mama Wacka. Jacek z Pankrackiem bardzo przestraszeni wypadają za drzwi.

– Proszę pani, Wacek jest chory!

– Proszę pani, jego brzuch boli!

Wacek słyszy, jak mama mówi:

– Zaraz mu dam oleju rycynowego.

I to, co Wacek teraz myśli, to jest tylko: „Ojej, jej, jej, jej!".

Patyczki

Dzieci układają patyczki na rachunkach. Po trzy.

Pankracek ułożył swoje.

Jeszcze raz przelicza, bo on jest bardzo dokładny, ten Pankracek.

– Proszę pani, proszę pani, proszę u mnie zoba...

„Zaraz, zaraz: a Wacek?, a Jacek?".

– Wacek! Ułożyłeś patyczki?

– Ułożyłem, ale inaczej.

– Inaczej?

– Bo mi te dwa zostały – szepce Wacek. – Jakieś dziwne patyczki, że się nie chcą ułożyć...

Patyczki nie są dziwne, tylko w jednej kupce Wacek ułożył cztery zamiast trzy. Sam to teraz zobaczył. Poprawił.

– Jacek, a ty?

Jacek układa, przekłada i bardzo się spieszy.

– Lepiej przelicz jeszcze!

– Eee, nie! – Jacek odgarnia ręką czubek włosów z czoła. – Chyba dobrze... Zaraz...

Jednak liczy: raz, dwa, trzy; raz, dwa, trzy; raz, dwa... O, źle!

Liczył, liczył, aż się doliczył.

I teraz jest dobrze.

– Proszę pani, proszę pani! – znów woła Pankracek. – Proszę u nas zobaczyć patyczki!

Ale czy to w klasie są tylko Jacek, Wacek i Pankracek? A nie ma Basi, Wojtaszka, Stachurki, rudego Felusia czy Oli?

Pani chodzi od ławki do ławki, ogląda, niektórym dzieciom pomaga.

Nie zdążyła dojść jeszcze do drugiego rzędu, aż tu słychać trzask.

Stachurka tak się ruszyła niezgrabnie, że jej wszystkie patyczki zleciały na podłogę.

Leżą porozrzucane.

– Cha, cha, cha! – śmieje się rudy Feluś. – To ci niezgraba z tej Stachurki! Czekaj, dostaniesz zły stopień!

A Stachurka w płacz.

– Mo-je pa-tycz-ki! Mo-je pa-tycz-kiiii!

W klasie cichutko się robi. Słychać, jak wróble ćwierkają za oknem.

Jacek aż oddech wstrzymał: czeka, co będzie.

– Proszę pa... – zaczyna swoje Pankracek.

Wacek się odwraca.

– Cicho siedź!

Pani stoi, patrzy na klasę i widzi, jak Feluś chichoce, i widzi, że Wojtaszek wyskakuje ze swojej ławki, podbiega do Stachurki.

– Nie płacz – mówi. – Ja ci pomogę zebrać patyczki, a ty je zaraz ułożysz. No przestań, Stachurko. Nie płacz!

Pani się uśmiecha.

– Tak, Stachurko. Zrób, jak ci radzi Wojtaszek. Wojtaszek jest dobrym kolegą, a Feluś...

Feluś przestaje się śmiać i robi się bardzo czerwony. Nawet uszy ma czerwone.

Stachurka chlipnęła raz i drugi, ale układa patyczki na nowo.

– ...i ułożyła – opowiada o tym zdarzeniu wieczorem Jacek w domu. – I wcale nie dostała złego stopnia... I... i wszystko było dobrze.

Ale tatuś mówi, że nie, że nie będzie dobrze.

– A wy co?

– My? My mieliśmy dobrze ułożone patyczki! Wacek, Pankracek i ja.

– Dlaczego nie pomogliście Stachurce jak Wojtaszek?
Jacek otwiera szeroko oczy.
– A bo… tego…
Z tatusiem jest trudna rozmowa – takie pytania zadaje! Bo jakże tu odpowiedzieć: dlaczego?

Obywatel Pankracek musi wiedzieć

– No to chodź, Wacek. – Jacek zagląda przez plot. – Chodź, idziemy bawić się do Pankracka.
– A Kleks też może iść?
– Pewnie, Kleks też! – woła Jacek i kłania się z daleka Wackowej mamie. – Dzień dobry!
– Dzień dobry, Jacusiu! Jak tam stopnie?
Jacek zerka w bok.
– Takie sobie… dzisiaj nie bardzo.
Jacek woli dziś nie opowiadać o stopniach. Nie zawsze się szczęści w szkole.
– Proszę pani, bardzo ładne kwiatki w ogrodzie.
– Ładne. – Mama Wacka kiwa głową. – Ale że stopnie nie najlepsze, to szkoda…
Całe szczęście, że z domu wypada Wacek z Kleksem.
– Kleksiu, Kleksik! – woła Jacek.
Pies merda czarnym ogonem.
– Widzisz, Jacek, jak się cieszy, że idzie z nami?
Kleks się cieszy, a Pankracek nie bardzo.
– Pobrudzi podłogę łapami i mama będzie się gniewała!
– Pobrudzi, to co? – mówi Wacek. – Podłogę można wytrzeć.
– Jak to: wytrzeć?

– No, szmatą. Weźmiesz szmatę i wytrzesz. Wielkie rzeczy!

– Ja nie umiem wycierać – mówi Pankracek. – Nigdy nie wycierałem. Do nas Stefcia przychodzi i wyciera, a ja nie...

– Ja umiem! – Wacek podskakuje i dodaje dumnie: – Moja mama sama umie i babcia też. A ja im pomagam. Tatuś nawet w piecu umie sam napalić!

– Sam? – dziwi się Pankracek.

– A coś ty myślał! – chwali się Wacek. – Mój tata umie i mama także. Tylko mnie nie dają...

Pankracek wytrzeszcza oczy: niczym nie może zadziwić tych kolegów!

– Pokażę wam moją kolej – mówi.

O! Pociąg jest prześliczny! Stoi gotowy do drogi. Pankracek ma też czerwoną czapeczkę i chorągiewkę. Wacek włożył czapeczkę, wziął chorągiewkę – wygląda zupełnie jak prawdziwy dyżurny ruchu na dworcu.

Chorągiewkę podnosi do góry.

– Proszę wsiadać, drzwi zamykać! – woła głośno.

W pociągu siedzą pasażerowie: dwa małe misie i kominiarczyk. Jacek jest konduktorem.

– Fiuuut! – gwiżdże lokomotywa. Wacek opuszcza chorągiewkę i pociąg rusza.

Pankracek złapał jeszcze drewnianego pajaca.

– Jeszcze ja, jeszcze ja wsiadam! – woła pajac głosem Pankracka.

Wacek mówi:

– Nie można! Nie widzisz, że pociąg w ruchu?

– Ale tam jest jeszcze wolne miejsce. Ja wskoczę!

Ech, czy Pankracek naprawdę nigdy nie jechał pociągiem ani tramwajem, że nie nauczył swojego pajaca wsiadania?

– Czy wolno wsiadać do jadącego pociągu? – pyta Jacek konduktor.

Dyżurny ruchu rozkłada ręce.

– Obywatel musi wiedzieć: nie wolno!

Pajac nic, ale obywatel Pankracek się krzywi.

– Jeżeli tak, to... to ja się nie bawię!

I już-już ma zamiar odejść, kiedy dyżurny łapie go za rękaw.

– To nic! Tylko trzeba zaczekać. Zaraz będzie szedł następny pociąg.

Jacek woła:

– A czy obywatel ma bilet? Bez biletu jechać nie można!

Dobrze się złożyło. Pankracek z pajacem idą kupować bilet na drugi pociąg.

Dyżurny ruchu pokazuje drogę do kasy.

Kupili, podziękowali, wracają... A to co znowu?

Pociąg jest, ale pasażerów w nim nie ma: ani kominiarczyka, ani misiów.

– Oj, Kleks! Widzisz, jakiś ty?! – woła Wacek.

Kleks zaniósł w pysku misie i kominiarczyka, złożył w kącie. Siedzi teraz obok, ogonem kręci, bardzo zadowolony. „Patrzcie tylko, jak wam pilnuję pasażerów!”.

Pankracek przynosi z drugiego pokoju trzy małe czekoladki w srebrnych papierkach: dla Jacka, dla Wacka i dla siebie.

Kleks patrzy na nich oburzony: „A ja?”.

– Chyba też mu damy, nie?

Każdy odgryzł po kawałku swojej czekoladki, dali Kleksowi.

Wszyscy, wszyscy!

Raz Basia narysowała tramwaj. Tramwaj ten jest krzywy i koniecznie trzeba go poprawić.

– Zetrę gumką – powiada.

Szuka gumki, ale… Zapomniała jej widocznie wziąć z domu, bo gumki nie ma.

– Pankracek, pożycz mi swojej!

Pankracek kręci głową.

– Eee! Ja mam taką różową, taką ładną…

– No to co, że różowa?

– Gumka się ściera. Pożycz lepiej od Jacka.

– Jacek, pożyczysz gumkę? – pyta Basia.

Jacek gumkę pożyczył i tramwaj Basi został poprawiony. Równy i zgrabny, sunie po szynach, rozwozi pasażerów.

– Widzisz – mówi Pankracek – a ty koniecznie chciałaś moją gumkę…

Jest bardzo zadowolony.

Innego dnia były wyklejanki i Stachurka cały pociąg wykleiła: jeden, drugi, trzeci wagon. A na lokomotywę…

– Oj! Zabrakło mi czarnego papieru.

Jacek i Wacek nie mają ani kawałka. Basia, Wojtaszek – też nie.

– Pankracek ma! – woła Ola. – Pankracek, pożycz Stachurce czarnego papieru na lokomotywę.

– Kiedy mnie jest potrzebny.

– Nie skończyłeś swojej wyklejanki?

– Skończyłem, ale i tak mi potrzebny…

Stachurka jest bardzo zmartwiona.

– Co to za pociąg bez lokomotywy?

Na szczęście Jacek wpadł na pomysł.

– Wiesz co? Zrób lokomotywę zieloną.

Więc ostatecznie wagony Stachurki pociągnęła lokomotywa zielona.

Ale dziś to ani Stachurce niczego nie brakuje, ani Basia niczego nie zapomniała. To Pankracek zapomniał! Przyszedł do szkoły bez ołówka. Co to będzie?

– Zapomniałem ołówka – mruczy.

I na nikogo nie patrzy.

Jacek i Wacek prędko szukają w swoich piórnikach...

Pani mówi głośno, powolutku:

– Pankracek zapomniał dziś ołówka.

Wszystkie dzieci patrzą na panią, potem na Pankracka. I myślą: „Dobrze ci tak! Taki jesteś, to siedź teraz i patrz, jak my będziemy pisali literki...".

A pani ma taką minę, jakby na coś czekała...

I nagle nie tylko Jacek i Wacek, ale także Basia, Wojtaszek, Ola, Stachurka... Co? Nawet rudy Feluś i inni, cała pierwsza d – wszyscy, wszyscy wyciągają ręce z ołówkami.

– Masz, Pankracek, masz! Pożyczymy ci!

A Pankrackowi robi się tak przykro, tak przykro, że nawet powiedzieć się nie da: za tę gumkę różową, za papier na lokomotywę, za tamten niebieski samochód...

Kasztanowe ludziki

Jacek powyciągał na środek pokoju swoje zabawki: łódkę z żaglem, drewniany samochód. W łódce siedzi strażak, który umie czasami, jak potrzeba, być doskonałym marynarzem.

W samochodzie znów siedzi kierowca – pan Kapistran. Jackowa mama wycięła go z filcu. Ale to nie jest taki zwyczajny kierowca, tylko taki wzorowy, który nigdy swojej maszyny nie wywróci.

Teraz przywiózł ładunek bardzo ważny: lśniące, brązowe kasztany uzbierane przez Jacka w parku.

– Wiesz co, mama? – Jacek podskakuje. – Jak przyjdą Wacek z Pankrackiem, będziemy robić kasztanowe ludziki!

– Dobra zabawa! – cieszy się mama. – Tylko nie bardzo hałasujcie, bo mam pilną robotę.

– Aha, wiem! – mówi Jacek. – Nie będziemy hałasowali, mamusiu.

Jacek wie, że mamy robota to jest korekta: mama pilnuje, żeby w szkolnych podręcznikach nie było żadnego błędu, żeby wszystkie literki były równo i czysto wydrukowane.

Więc Jacek jeszcze raz obiecuje:

– Nie, nie będziemy hałasowali. No... może tak odrobinkę, wiesz, zupełnie po cichutku...

I oboje wybuchają śmiechem z tych Jackowych „cichutkich hałasów".

A potem spieszą otworzyć drzwi, bo już dzwonią Wacek z Pankrackiem, a Kleks łapami w drzwi drapie.

– Dzień dobry! – Wacek i Pankracek szastają nogami.

– Hau, hau! – szczeka Kleks. U niego to pewnie znaczy „dzień dobry".

Potem do roboty – brązowe kasztany czekają na majstrowanie.

Jacek, Wacek i Pankracek robią kasztanowe ludziki.

Kasztanowe ludziki mają ręce z zapałek, mają nogi z zapałek, tułowie z dużych kasztanów, głowy z kasztanów malutkich. I jeszcze na swych zapałczanych nogach mają kasztanowe wielkie buty.

– Mój ludzik to murarz! – woła Wacek. – Domy będzie murował!

I rzeczywiście: już stoi ściana z pustych pudełek od zapałek, a na samej górze kasztanowy ludzik – murarz.

– Eeee! – woła Jacek. – Mój jest ważniejszy! Mój na samochodzie będzie jeździł, na ciężarówce.

– Na ciężarówce jeździ pan Kapistran – przypomina Pankracek.

Jacek namyśla się chwilę.

– Jeździ, ale teraz... teraz właśnie musi pojechać na wczasy, bo dostał urlop.

Pan Kapistran rzeczywiście za chwilę jest już na wczasach: razem ze strażakiem pływa żaglówką koło babcinego tapczanu.

A Jackowy kasztanowy ludzik dzielnie go zastępuje na ciężarówce.

– Ru-tu-tu-tu! Wszyscy z drogi! – tak trąbi.

Ludzik Pankracka nie będzie za nic od tamtych gorszy! Co tam murarz, co szofer!

– Patrzcie tylko, co mój ludzik kasztanowy robi...

– Oooo!

– Twój lotnikiem będzie? Lotnikiem?

– A co?
Pankrackowy ludzik już leci nad podłogą w papierowym, pięknym samolocie; wysoko, aż nad krzesło się wzbija.
– Wrrr! – zatacza koła.
– To mój też będzie lotnikiem! – zaraz woła Wacek.
– I mój! I mój! – upiera się Jacek.
Już robią samoloty dla swoich ludzików. Pewnie, nie ma to jak lotnik! Tylko lotnik coś znaczy!
Szybuje trzech kasztanowych ludzików w trzech samolotach.
Kleks pysk otworzył, język wysunął, ogląda się za nimi zdziwiony: muchy – nie muchy? Takie duże?
Szybują z warkotem – to wysoko, to nisko, tuż-tuż nad podłogą.
A na podłodze ten mur z pudełek od zapałek, ten dom wcale nieskończony...
Mama Jacka już zrobiła korektę i zagląda, jak się chłopcy bawią.
– Co to? Nie ukończyliście budowy?
Rozkładają ręce: nie skończyli!
Bo kto miał budować? Kto miał cegły ciężarówką dowieźć? Lotnicy przecież nie. Skąd?!
– Tak – mówi mama. – Lotnicy nie wszystko potrafią; książki też nie wydrukują...
Jacek wybucha śmiechem.
– Ależ nie! Przecież książki drukują drukarze...
– Albo leczyć ludzi... – przypomina mama. – Czy lotnik potrafi leczyć, tak jak pan doktor?
– Nie potrafi.
– Pola chyba też nie uprawi, węgla nie wydobędzie...
Pankracek patrzy zdziwiony na Jackową mamę.
– Proszę pani, ale lotnik przecież najważniejszy!

– Oj, a może nie... – zastanawia się Jacek.
A Wacek pyta:
– To kto najważniejszy?
Kasztanowe ludziki stoją na podłodze obok swych samolotów z papieru: nie wiedzą ostatecznie, kim mają być.
Jacek czeka, co mama powie.
A mama także czeka: bo czy to trzeba wszystko, wszyściuteńko powiedzieć? Czy Jacek, Wacek i Pankracek nie potrafią sami pomyśleć? Kleks – co innego, Kleks nie chodzi do pierwszej klasy!

Coś nie tak

Z tej Basi to właściwie jest trochę beksa. No, ale po co ją Feluś ciągnie za warkocze?
Feluś się śmieje:
– Cha, cha, cha!
A Basia w bek:
– Uuuu! – aż jej łzy kapią po okrągłej buzi.
Zobaczył to Jacek i wrzasnąwszy: „Wacek!", doskoczył do Felusia. Wacek wrzeszczy: „Pankracek!", i już pędzi na pomoc.
– Dlaczego jej dokuczasz?! – wołają Jacek i Wacek.
A Feluś znów łaps! Basię za warkocz.
– Beksa, patrzcie, beksa!
Wtedy Wacek jak nie szturchnie z całej siły Felusia, aż ten się zatoczył na drzwi i stłukł sobie łokieć.
– Czekaj ty, my ci pokażemy! – grozi mu Jacek.
Feluś, zły, rozciera sobie łokieć, patrzy na Jacka, patrzy na Wacka i mówi:
– Łobuzy!

Właśnie nadbiegł Pankracek.
– Co jest Felusiowi? – pyta.
– Uderzył się – powiada Jacek.
– Gdzie się uderzył?
– W korytarzu – wyjaśnia Wacek.
– Ale w co się uderzył?
– W klamkę! – wołają obaj, Jacek i Wacek.
A Feluś mówi, że nie w żadną klamkę, tylko w łokieć, i że Jacek i Wacek z nim się biją.
– Biją się? Dlaczego?
– Bo on dokuczał Basi… – zaczyna Jacek.
– …więc ja… – mówi dalej Wacek.
– …więc my… – poprawia Jacek.
– …to my potem jemu! – znów obaj wołają.
Jacek jeszcze dodaje:
– Bo Basię bolało, jak ją ciągnął za włosy.
– A mnie teraz łokieć boli – woła Feluś – ale ja nie beczę, tak jak ona!
I Feluś odchodzi dumny, że on nie beczy. A Jacek, Wacek i Pankracek stoją, nic nie mówiąc.
Pankracek wreszcie ruszył nosem raz i drugi.
Czuje, że coś tu nie było tak, jak trzeba…
– Eee tam! Wielkie rzeczy! Gruchnąłem Felka, i tyle! – niepewnie mruczy Wacek.
– Może nie trzeba było bić się… – stęka Jacek.
Wacek chwilę się zastanawia i kręci guzik przy mankiecie.
– A co trzeba było zrobić z Felusiem, żeby nie dokuczał Basi?
Pankracek mówi:
– Nie wiem.
Wacek mówi:
– A widzisz! Ja też nie wiem.

Jacek także nie wie.
– Dzyń, dzyń, dzyń – srebrzyście wyśpiewuje szkolny dzwonek: wszystkie dzieci wzywa na lekcję. Pierwszaki cichutko siadają w ławkach i czekają na panią.
Nagle Jacek zwraca się do Pankracka i łapie Wacka za rękę.
– Ja wiem!
– Co wiesz, Jacku?
– A gdybyśmy wytłumaczyli Felusiowi, że to brzydko krzywdzić dziewczynki, nawet beksy też brzydko, gdybyśmy mu tak wytłumaczyli?
– Czekajcie!... – wykrzykują obaj naraz, Wacek i Pankracek.
Ale nikt nie może na nic czekać. Trzeba rozłożyć zeszyty, przygotować ołówki...
Do klasy wchodzi już pani.

Nie o wszystkim

Dziś Jacek po szkole idzie do fryzjera, więc babcia przychodzi po niego.
Wacek i Pankracek szastają nogami.
– Dzień dobry!
– Dzień dobry! Co dziś było ciekawego? – pyta babcia.
– Wszystko! – mówi Pankracek. – Jacek dostał piątkę z pisania.
Wacek chwali się:
– Ja wczoraj byłem dyżurnym! Sprawdzałem, czy dzieci mają czyste ręce...
– I co?

– Aż trzech chłopców miało brudne i jedna dziewczynka.

– A wy macie czyste?

Wyciągają wszyscy trzej ręce: palce są poplamione atramentem.

– Ale to się nie liczy – woła prędko Jacek – bo to od pisania!

I zaraz ręce chowa za siebie.

– W ogóle mamy ręce czyste – dodaje Pankracek, żeby babcia Jacka nie pomyślała sobie przypadkiem, że pierwsza d to klasa brudasów.

Ich klasa?... Ho, ho!

– Proszę pani, u nas jedna dziewczynka umie grać na fortefianie – mówi Wacek.

Jacek poprawia:

– ...fortepianie.

– Aha, fortepianie! – prędko poprawia się Wacek. – W naszej klasie jest. Naprawdę!

Babcia Jacka bardzo się z tego cieszy. Żeby się jeszcze więcej cieszyła, opowiadają jej także, że:

– Wojtaszek z rachunków dostał piątkę!

– A Ola... – zaczyna Pankracek.

– Co takiego Ola? – pyta babcia.

Jacek mruga prędko na Pankracka. Więc Pankracek mruczy tylko:

– Nie... Ola to nic...

Pewnie. Nie ma się czym chwalić. Ola dwóję dostała z zadania. Już drugi raz!

Jacek cichutko szepce Pankrackowi:

– O Oli opowiemy, jak dostanie trójkę, wiesz?

No, nie o wszystkim jest przyjemnie opowiadać. W pierwszej d nie zawsze jest wesoło!

Kolorowe bukiety

Pierwszaki idą na wycieczkę: przez miasto idą, przez most na rzece, przez pole puste – pierwszaki idą do lasu. A za nimi, na ostatku, biegnie Kleks.

– Szur, szur, szur – szeleszczą w lesie suche liście, gdy się po nich biega. Wiatr jeszcze nowe strąca z drzew, prosto na głowy.

Kleks węszy pod drzewami, ciągle czegoś szuka.

– Jaki on ładny! – zachwycają się dziewczynki.

– Kleksik, Kleksiu!

Feluś się nie zachwyca, tylko pyta:

– Czy to pies myśliwski?

Wacek nie wie: pies... bardzo porządny pies. A węszy, że jej! Ale czy myśliwski?

Na wszelki wypadek mówi:

– No! Nie widzisz?

– Ja od razu poznałem! – chwali się Feluś.

Woła Wojtaszka – oglądają Kleksa.

– Czy on już polował?

– Phi! – Wacek na to. – Wczoraj polował!

– I co?

– Jak to: co? – mówi Wacek. – Polował, i już.

– Ale co upolował?! – wołają Feluś z Wojtaszkiem. – Pies myśliwski poluje na dziki, na wilki...

– Eee, nie! – Wacek jest zakłopotany, drapie się palcem w nos. – Kleks upolował... eee... No, mysz na strychu!

Wojtaszek i Feluś są rozczarowani. Takie polowanie się nie liczy!

Wacek już się chce obrazić na nich, Jacek z Pankrackiem, ma się rozumieć, tak samo. Pankracek nawet się już nadął, a Jacek przestał się uśmiechać. Ale w tej chwili pani wszyst-

kich zwołała i kazała zbierać liście. Więc na żadne obrażanie się nie ma czasu.

Jacek zbiera liście złote, co opadły z klonu. Ma cały bukiet.

– Czerwone są ładniejsze! – mówi Pankracek i szuka drzew z czerwonymi liśćmi.

Nietrudno w lesie zebrać bukiety – wszystkie dzieci już je mają.

Tylko Kleks nie ma.

Kleks stoi pod drzewem i szczeka, szczeka, aż się zanosi. Na łapach przysiada, wyskakuje do góry.

– On coś znalazł!

Wojtaszek mówi:

– Nie! Nic nie ma pod drzewem. Kupka liści, i tyle!

A Feluś dodaje:

– Bo to nie jest pies myśliwski.

Kleks ujada na cały las. I nie można go odciągnąć od drzewa. Jacek przykucnął, wyciągnął rękę.

– O, proszę pani, coś kłuje!

Spod kupki liści wysuwa się pyszczek.

– Proszę pani, Kleks znalazł jeża!

Znalazł. Ale jeż znowu zwinął się w kłębuszek i znów wygląda jak kupka liści. Bo tylko te liście widać, nadziane na kolce.

– On sobie na zimę je zbiera! Żeby mu w norze było ciepło.

To Jacek tak mówi. I wszystkie dzieci patrzą na niego. No, proszę, ten Jacek: wie takie rzeczy!

A Wacek podskakuje do Wojtaszka.

– Widzisz – pyta – kto znalazł jeża?

Wojtaszek przyznaje:

– Kleks!

– Więc żebyś nie gadał nic na Kleksa! Bo jak on umie znaleźć jeża…

– Tak – mówi Wojtaszek. – Jeż zupełnie co innego niż jakaś tam mysz!

I Feluś też mówi, że co innego. Pogodzili się zupełnie. Wacek dał im nawet ze swojego bukietu po jednym czerwonym liściu, bo mieli same żółte.

Wracają pierwszaki do szkoły z bukietami.

Za nimi Kleks.

Na podwórku szkolnym wszyscy się oglądają.

– O, patrzcie! Ale sobie klasę ustroją!

– Pewnie! – Pierwszaki podnoszą nosy.

– Nasza klasa będzie najładniejsza.

– I szlaczki z liści porobimy.

– I jeża widzieliśmy!

Feluś dumnie dodaje:

– Pies nam go znalazł... taki myśliwski!

– No, no – kiwają głowami ci z drugiej klasy.

A jeden chłopak z czwartej – Franek się nazywa – podchodzi do Basi.

– Dajcie nam trochę liści, postawimy w naszej klasie.

Basia oczy wytrzeszczyła i chowa bukiet za siebie.

– Nie damy. To nasze!

Jacek woła:

– My do naszej klasy niesiemy!

– Tyle liści macie...

– To co? – mówi ze złością Pankracek. – Mamy, ale nie damy. Nam są wszystkie potrzebne.

Więc ten duży, ten z czwartej klasy, Franek, już nie prosi.

Skrzywił się tylko:

– Ech, maluchy!

Odwraca się i idzie przez podwórko. Zły jest pewnie, bo nawet nie uważa i ciap! – wdepnął w błoto.

A pierwszaki stoją jak wmurowane. Coś podobnego! „Maluchy” na nich powiedział!

I Wacek zaraz, za te „maluchy”:

– Duży, duży, kąpie się w kałuży!

Tak na cały głos zaśpiewał.

Za Wackiem wszystkie pierwszaki drą się co sił:

– Duży, kąpie się w kałuży! – I nosa pokazują Frankowi, a Pankracek nawet język wywalił.

Pani się rozgniewała.

– Jak można? To wasz kolega!

Pierwszaki zamilkły. Stoją, patrzą na siebie. Kolega? Przecież jest z czwartej klasy, nie z pierwszej d!

Kto widział czarnego pieska?

Wacek z płaczem dziś przybiegł do szkoły. Oczy ma czerwone, aż zapuchnięte.

Wojtaszek zawołał:

– Fuj! Chłopak i beczy!

Jacek z Pankrackiem zerwali się z ławek.

– Wacek! Powiedz, co się stało?

Wacek zaczął mówić… Tyle tylko wykrztusił: „Oj, bo…” i oparł dłonie na swojej ławce, głowę w nie wtulił. Rozpłakał się na dobre!

Stachurka pobiegła do pani. Bo któż inny lepiej poradzi na zmartwienie?

– Powiedz, Wacek, powiedz nam wszystko – prosi pani.

Więc Wacek podniósł głowę, rozmazuje sobie łzy na twarzy.

– Kleks zginął! – mówi cichutko.

– Zginął?! – woła Wojtek i już inaczej patrzy na Wacka.

Nie przezywa go „beksą", bo to nie jest żaden wstyd płakać, nawet chłopcu nie wstyd – kiedy pies zginie.

Dziewczynki żałują:

– A taki był wesoły!

– A łapkę tak podawał!

– Oj, jaka szkoda!

Pankracek głową kręci.

– Może jeszcze Kleks się znajdzie.

Jacek woła:

– Będziemy szukać! Cala klasa będzie szukać Kleksa!

Cała klasa szuka czarnego Kleksa.

Dzieci pytają, idąc drogą:

– Przepraszam, czy pan nie widział pieska? Cały czarny, łatkę ma białą koło ucha.

– Widziałem pieska, ale był biały.

– To nie ten.

Do wieczora Kleks się nie znalazł.

Na drugi dzień rano Pankracek mówi:

– Trzeba ogłoszenie napisać i powiesić.

– Gdzie powiesić?

– W ogóle. W całej szkole; najlepiej na drzwiach.

Pani pomaga napisać. Właściwie prawie wszystko napisała sama, Wojtaszek tylko narysował na ogłoszeniu czarnego pieska, bo Wojtaszek najładniej w całej klasie rysuje.

– To jest portret Kleksa – powiedział – żeby łatwiej było poznać, gdyby go ktoś spotkał.

Ogłoszenie wisi na drzwiach szkoły: wszyscy je czytają.

– Czarny piesek? – mówią. – Zginął?

– Chłopcu z pierwszej d?

Oglądają portret.

I co?

I nic. Kleksa dalej nie ma!

Żeby tak było naprawdę

Ola znów dostała dwójkę. Nie odrobiła lekcji i jeszcze tak mówi:

– Bo tego zadania w mojej książce nie ma, to ja dlatego…

Pani się bardzo zdziwiła.

– Nie masz w książce, w rachunkach?

Jacek zajrzał prędko do swojej.

– A u mnie jest.

I Wacek woła:

– U mnie też!

W książce Pankracka jest zadanie, u Basi, Wojtaszka, Stachurki – także.

– Może Ola ma jakąś inną książkę?

– Może jej się coś pomyliło?

Wacek się przechylił, zajrzał do rachunków Oli.

– Ale patrz, patrz, Olu! Przecież jest zadanie.

– Proszę pani, jest zadanie!

Ola się zaczerwieniła. A pani idzie między ławkami, idzie prosto do niej.

– Olu, dlaczego nie odrobiłaś zadania? Dlaczego mówisz nieprawdę?

Tak. Więc tak to się stało w pierwszej d: ktoś mówi nieprawdę.

Ola nic nie odpowiada pani, tylko spuszcza głowę. Stoi w swojej ławce, a wszystkie dzieci na nią patrzą. I pani też.

To okropne tak stać samej, kiedy w klasie jest cicho, kiedy wszyscy patrzą i pytają: dlaczego? Bo nie wiadomo, co powiedzieć… Ale potem na pauzie, kiedy pani wychodzi już z klasy, a wszystkie dzieci zostają, to co im Ola powie?

– Słuchaj, ty… – zaczyna Wojtaszek.

– Chłopaki, urządzimy jej lanie! – podrywa się Feluś.

Dziewczynki piszczą przestraszone!
– Nie, nie, nie!
I obstępują Olę dokoła. Nie dadzą jej ruszyć! Ale Feluś też wcale nie chciał bić; tak tylko wrzasnął, żeby się Ola przestraszyła. Niech wie, że nie wolno kłamać...
– No wiesz?
– Wiem – mówi cichutko Ola.
– Co ona powiedziała? – pyta Jacek, który stoi dalej.
– Powiedziała, że wie.
– A obiecała, że nie będzie?
– Ona nie będzie na pewno – mówi Basia. – Prawda, Olu, powiedz: nie będziesz?
– Żeby nie było kłamczuchów w pierwszej d – dodaje Wacek z groźną miną, nawet nogi rozstawił szeroko, a ręce wsadził do kieszeni. To wygląda bardzo poważnie i Ola musi już teraz ostatecznie powiedzieć: będzie czy nie będzie?
Ola bąka coś cichutko.
– Co ona mówi?
Basia stoi najbliżej i słyszy doskonale. Woła na całą klasę:
– Ona mówi, że nie będzie!
– No, całe szczęście – mruczy Feluś – bo inaczej...
– Dalibyśmy jej, co? – Wacek kiwa głową.
Już są zadowoleni, już chcą z klasy wychodzić...
Nagle Jacek woła:
– Dobrze! Kłamać nie będzie, ale ma cztery dwóje...
– Ma! I...
– I co?
– I nie umie rachunków! – Jacek rozkłada ręce. Bo to proste: jeżeli ma dwóje – znaczy, że nie umie.
Ola wzdycha ciężko. A te dzieci, które już były przy drzwiach, wracają do klasy.
– Nie tylko Ola ma dwóje...

– Feluś też ma, z pisania...

– No, ja... to tego... – bąka Feluś. – To co tam! Chłopaki, chodźmy grać w piłkę! Tylko już, prędko, prędko!

Aha! „Prędko", kiedy wcale się nie ruszają. Wacek zaczyna skakać na jednej nodze w rogu klasy. Ładna historia: zaczęli wyliczać dwóje, potem zabiorą się do tych, co mają same trójki... A on jest właśnie taki. Basia nawet raz powiedziała: „Phi! Trójka to taki tam stopień... Prawie dwójka, tylko ciut-ciut więcej".

Wacek właściwie, tak jak Feluś, wolałby grać w piłkę. Z kłamstwem załatwili, a o stopniach... Nie, Wacek wcale nie ma ochoty gadać o stopniach.

Ale oni właśnie gadają. I Basia nawet wylicza na palcach, kto ma w klasie dwójkę, i potem o trójkach...

– Gońmy, Feluś, gońmy grać w piłkę! – woła Wacek. – Jacek, Pankracek, lecimy!...

Jacek i Pankracek nigdzie nie „lecą". A Wojtaszek kręci głową.

– Czekaj, bo te stopnie... Przecież trzeba poprawić... Tylko jak?

– Zaraz, bo gdyby... – zaczyna Jacek.

– Co? – pytają wszyscy chórem.

– ...gdyby... Ja coś wymyśliłem, tylko mi już uciekło...

Wojtaszkowi też uciekło. Jaka szkoda: Wojtaszek ma czasem doskonałe pomysły!

W klasie znowu cisza.

Bardzo trudno jest tak myśleć; trzeba koniecznie brwi zmarszczyć. Czasem pomaga, gdy się ze dwa razy westchnie, a niektórym pomoże, jeżeli się zagapią w sufit. To jest naprawdę dobry sposób.

I proszę – Pankracek tak się właśnie gapił, a teraz:

– Wiesz, Wacek? Jakbym ci pomógł w rachunkach, tobyś miał „dobrze", chcesz?

– Ja?

– Aha!

– W rachunkach? Do... dobrze – mówi niepewnie Wacek i twarz mu się nagle rozjaśnia. – Naprawdę miałbym czwórkę? Ojej! To pomóż, Pankracek, pomóż!

– Pankracek, pomożesz i Oli, dobrze? – pyta Basia. – Bo ty tak dobrze umiesz rachunki...

Pankracek na pomaganie Oli wielkiej ochoty nie ma, Wacek to zupełnie co innego, ale...

– No, niech tam! I Oli też pomogę.

Teraz już wszystko idzie łatwo. Basia pomoże Felusiowi. Wojtaszek nauczy Wacka pisać równe, ładne literki.

– Kto tam jeszcze ma trójki?

– Nie chcemy w pierwszej d trójek!

– Hurrra! – Jacek aż wyskakuje na ławkę. – Będą same dobre i bardzo dobre!

Ach, jak to przyjemnie tak wołać i jak dumnym można być z tego, tylko... tylko żeby naprawdę tak było...

Koledzy

Wacek jednak chodzi smutny, nie bardzo się nawet bawi. Stachurka przyszła do niego, o Kleksa pyta.

– Przepadł gdzieś. Na pewno! – wzdycha Wacek.

Wojtaszek chce mu rybki przynieść.

– Mam osiem – mówi. – Połowę dam tobie, chcesz?

Ale Wacek nie chce, dziękuje.

– Eee, co rybki! Pływają, i tyle.

Wszyscy w klasie przyznają Wackowi rację. Rybki, pewnie, bardzo ładne. Ale czy podają łapki? Służą? Na spacer też z rybką nie pójdziesz.

– Nie – mówią. – Jednak z Kleksem nawet złotych rybek nie można porównać.

Jacek przyniósł glinianego ptaszka. Gdy się mu w ogon dmucha, ptaszek gwiżdże.

Cała klasa dmucha i cieszy się.

A Wacek? Wacka i to nie bawi.

– Żeby chociaż szczekał... – wzdycha.

Postawili mu jednak ptaszka na ławce, bo Basia powiedziała:

– Gwizdanie też jest ważne, nie?

Oczywiście, że ważne.

Więc ptaszek stoi sobie na ławce i zupełnie tak wygląda, jakby zerkał do zeszytu Wacka.

Zeszyt jest rozłożony i...

– Takie kleksy masz, Wacek, w zeszycie!

– Aż trzy! – jęknął Jacek.

Wacek wie, że aż trzy. Próbował ścierać gumką, ale gdzie tam! Atramentu gumka nie zetrze – Wacek zrobił dziurę w zeszycie.

– Nieładne pisanie – martwi się teraz.

Więc dziś proszą Wacka koledzy:

– Pisz powolutku, ostrożnie!

Wacek kiwa głową, obiecuje.

Nagle ktoś zagląda do klasy. Pani? Nie, nie pani, tylko ten Franek z czwartej klasy. Ten duży, co to „kąpie się w kałuży".

Zajrzał i pyta:

– Jest tu u was taki Wacek?

– Jest!

– To dobrze!

I Franek wyskakuje na korytarz.

Pierwszakom jakby mrówki przebiegły po grzbietach: tam i z powrotem, tam i z powrotem. To ci historia! Teraz oberwą za swoje wykrzykiwania, za przezywania… Wacek aż się skulił – on najwięcej temu Frankowi dokuczał. Teraz na pewno Franek kolegów z czwartej ściąga…

Ojej, jej! Już idą! Aż dudni na korytarzu.

Przyszli.

– Który to Wacek?

– Eee… tego… – szepcą pierwszaki.

Wacek mówi:

– To ja!

Franek przepycha się wśród kolegów, wysuwa się naprzód… W obu rękach trzyma coś czarnego, coś kudłatego…

– Kleks!

– Kleks! Kleks! – wrzeszczy cała pierwsza klasa.

Wacek chwyta psa w objęcia. Jest! Znalazł się! Co za radość!

– Och, Franek! Dziękuję!

– Dziękujemy! – Wszyscy wymachują rękami. Obskoczyli „czwartaków".

– Znaleźliście? Jak?

– Szukaliśmy, chodziliśmy... Aż do lasu się zabłąkał. Nie umiał trafić.

– Och, jacy wy jesteście! – Pierwszaki skaczą jak frygi.

A tamci:

– Jacy mamy być? Zwyczajni!

– Ale żeście nam... żeście Wackowi...

Franek parska śmiechem.

– Co tam! – Macha ręką. – Może wasz Wacek nie kolega? Może my nie z tej samej szkoły?

Kleks zaczyna szczekać jak szalony. Potem Franek i tamci wychodzą.

Kleks przysiada na łapach. Wacek obejmuje go mocno.

– Proszę pani! – Stachurka wybiega na korytarz. – Kleks się znalazł!

– Bardzo dobrze – mówi pani. – Może teraz Wacek nie będzie miał tyle kleksów w zeszycie.

– Pewnie – śmieją się pierwszaki. – Jednego tylko Kleksa chcemy, a tych atramentowych wcale nie.

I pierwszaki zabierają się do lekcji. Tylko jeszcze przez chwileczkę zerkają na śliczne szlaki z kolorowych jesiennych liści, które zdobią klasę, potem znów na Kleksa.

Czy tylko w szkole?

Jacek ma dwanaście kulek. Nie wiadomo, z czego one są, ale ciężkie takie, jakby z kamienia. I bardzo przyjemnie bawić się nimi, a już najprzyjemniej rzucać z góry na podłogę. Kulki wtedy głośno stukają, a to jest doskonała zabawa.

Jackowi wcale nie przeszkadza, że przez radio nadają właśnie koncert.

Tatuś siedzi przy głośniku, a mama z babcią – obok na kanapie i coś cerują.

Stuk, stuk...

– Jacusiu, przestań!

Jacek myśli:

„Przestanę, zaraz przestanę, tylko jeszcze tę jedną..."

Stuk!

– Jacusiu!

Jacek się nie odzywa, zupełnie jakby to nie do niego mama powiedziała.

Stuk, stuk, stuk!

– Jeżeli nie rozumie, trzeba mu zabrać kulki – gniewa się tatuś.

– Nie, nie – prosi babcia. – On sam przestanie.

Stuk, stuk, stuk...

– Oj, to niechcący, bo mi wypadły z ręki! – woła Jacek.

– Jacusiu, w tej chwili proszę przestać!

Jacek nie lubi, kiedy mama mówi tak poważnie; wygląda na to, że się będzie gniewała. Więc już te kulki zostawia – niech sobie leżą.

Kulki leżą. A Jacek patrzy na nie. „Nie wolno rzucać o podłogę, ale mogę sobie trochę podrzucić kulki do góry. To jest zupełnie co innego".

Jedna kulka to za mało na rzucanie do góry.

„Wezmę dwie".

„Zaraz, a może trzy...".

Cztery kulki wylatują do góry. Tylko jedna została złapana. I znów:

Stuk, stuk, stuk!

– Nie chcę! Nie, nie chcę! – woła Jacek, gdy mu babcia odbiera kulki. – Babciu, zostaw, nie chcę!

Ale kulki są już w tekturowym pudełku i stoją wysoko na szafie.

Tatuś jest zły.

– Taki śliczny koncert nam popsuł...

Mama jest zmartwiona.

– A prosiliśmy cię, syneczku!

Babcia tak się zdenerwowała, że aż stłukła filiżankę.

A Jacek?

Jacek naburmuszony siedzi przy stole i udaje, że książkę czyta.

– Muszę pójść do szkoły – mówi mama. – Jeżeli on tak samo słucha swojej pani...

Jacek na to:

– Ależ nie, mamo, ależ nie! W szkole słucham. W szkole muszę być grzeczny!

Myślał, że się ucieszą, że go może pochwalą, tymczasem mama ma taką smutną minę, kiedy pyta:

– Tylko w szkole musisz być grzeczny? A w domu – nie?

O co się gniewamy?

Biegną prędko dnie jeden za drugim. Mijają miesiące...

Jednego dnia rankiem Jacek, w drodze do szkoły, przybiega przed dom Wacka.

– Wacek, Wacek, wychodź! Zima do nas przyszła!

Wacek wypada do ogródka.

– Hura! Ulepimy bałwana. Kleks, do domu!

Kleks wcale nie chce do domu. Tyle śniegu napadało przez noc, a to przecież doskonała zabawa dla Kleksa biegać po czymś takim puszystym i białym…

Wacek zdążył mu zamknąć furtkę przed nosem.

– Siedź w mieszkaniu! Jeszcze znowu gdzieś zginiesz…

Wychodzą na drogę. Aż tu…

– Pankracek! To ty?

– Uhm!

Pankracek ma futrzaną czapeczkę i jeszcze jest okręcony szalikiem: tyle że mu oczy widać. Idzie i mruczy.

– Patrz, jaki on pękaty – mówi Wacek. – Pankracek, dlaczego jesteś taki pękaty?

– Dlaczego się nic nie odzywasz? – pyta Jacek.

Pankracek na chwilę odsuwa szalik.

– Bo jak zimno, to się nie mówi na dworze.

I znów wsadził nos do szalika.

– No to nie mów – zgadzają się Jacek i Wacek. – My będziemy rozmawiali, a ty tylko kiwaj głową, chcesz?

– Uhm.

– Pankracek, masz łyżwy?

– Uhm.

– Ja też mam! – woła Wacek.

A Jacek:

– Ja nie mam.

– Pożyczę ci swoje – mówi Wacek. Przez chwilę patrzy na Jacka i dodaje: – Ale ty i tak pewnie nie potrafisz jeździć… Z ciebie żaden sportowiec!

Bardzo niedobrze, bardzo źle, że Wacek tak powiedział!

– Nieprawda! Właśnie, że ze mnie sportowiec!

– Akurat!

– A tak! Na rowerze umiem jeździć!

– Po ulicy to nie sztuka. I z tatusiem… ja też bym potrafił.

– A ty, Pankracek, potrafisz, co?
– Uhm.
– No widzisz?
– Tak. – Jacek jedno widzi: że z Wacka żaden przyjaciel, żaden kolega, jeżeli mógł powiedzieć: nie sportowiec!
– Wiesz co? Wiesz co?! – wykrzykuje Jacek. – A twój Kleks to jest stara małpa! Żebyś wiedział!
– Jeżeli tak – obraża się Wacek – to zabieraj sobie swoją temperówkę. Nie potrzebuję jej!
– Nie będę się z tobą bawił. – Jacek się odwraca.
– O, wa! Wielkie rzeczy! Fiuuu! – gwiżdże Wacek.
I zostawiają na środku drogi owiniętego szalikiem Pankracka. Biegną do szkoły, ale wcale nie razem – każdy osobno.
Koniec przyjaźni!
Na podwórku szkolnym śnieg jest wymieciony, wielkie góry jego leżą koło płotu. Będzie z czego lepić bałwana!

Przed lekcją Jacek nie odzywa się do Wacka. Ani Wacek do Jacka. I po lekcji też. Za nic! Za żadne skarby świata!

– Jacek – prosi Pankracek – dam ci dwie śrubki, co znalazłem wtedy na ulicy. Na zawsze! Weź sobie! Tylko się już nie gniewajcie!

– Nie potrzebuję śrubek!

Pankracek biegnie do Wacka.

– Wacek, chcesz śrubki? Ja ci dam! Tylko bawmy się razem, i z Jackiem. A Wacek:

– Gwiżdżę na śrubki! Jacek powiedział „stara małpa" na Kleksa.

Pankracek jest bardzo nieszczęśliwy. No, co tu robić, co robić? Wszyscy wybiegają na podwórko, lepią bałwana. Jacek – nie. Stoi z boku. Wacek poszedł w kąt podwórka, odwrócił się tyłem.

Pankracek w końcu zezłościł się, narobił śnieżek i jak nie zacznie ciskać nimi: raz w Wacka, raz w Jacka... A niech mają, kiedy tacy! I jeszcze raz! I jeszcze!

Jacek raz dostał w czapkę, raz w ramię. Prędko śnieżkę ulepił i pac! w Pankracka. Wacek to samo.

Pankracek wygląda jak śniegowy bałwanek. Jacek z Wackiem spojrzeli na niego i – w śmiech!

I jakoś tak się stało, że Wacek cisnął śnieżką w Jacka, a potem Jacek w Wacka.

Więc Pankracek zupełnie zapomniał, że nie wolno mówić, kiedy jest zimno, i z wielkiej radości wrzasnął:

– No to już się nie gniewacie?!

Jacek spojrzał na Wacka, Wacek na Jacka.

– My? A o co?

Pankracek usta rozdziawił.

– Bo myślałem... o tego sportowca. I o... o starą małpę.

– Aha! – wykrzykują Jacek z Wackiem.

A potem milkną.

W końcu Wacek bąka:

– Właściwie... jazda rowerem i po ulicy to też sport. No, nie to, co wyścigi, ale zawsze...

Jacek uśmiecha się nie tylko buzią, ale oczami też.

– A z Kleksa to też... taka nie bardzo stara małpa...

Wracają we trzech do klasy. Jacek wyjmuje temperówkę, kładzie na ławce. Wacek ją bierze.

– Właśnie ołówek mi się złamał. Zaraz zatemperuję...

Pankracek pomaga w rachunkach

Pankracek bardzo dobrze słyszy, jak jego mama mówi do cioci:

– Nasz Pankracek tak się w szkole zmienił! Nie masz pojęcia, Krysiu, jaki się koleżeński zrobił!

– Ach, nadzwyczajne! – zachwyca się ciocia.

A mama opowiada:

– Zaraz tu do niego kolega przyjdzie: Wacek. Pankracek będzie mu pomagał w rachunkach.

– Ach, nadzwyczajne, w rachunkach! – zdumiewa się radośnie ciocia.

Dzwonek!

Pankracek wybiega otworzyć.

– Wacek, będziemy sami w pokoju!

– Twoi rodzice wyszli?

– Nie. Ale mama powiedziała, że chce porozmawiać z ciocią Krysią, a my żebyśmy się uczyli...

– Dobrze – zgadza się Wacek. – Zeszyt przyniosłem...

Wchodzą do pokoju.

– Połóż zeszyt na stole.

– Pankracek – pyta Wacek – a czy ten twój niebieski samochód jeździ?

– Jeździ. A bo co?

– Nie, nic – mówi Wacek. – Moglibyśmy nakręcić i sprawdzić.

– Wczoraj jeździł...

– Wczoraj! – woła Wacek. – Ale od stania mógł się zepsuć. Wiesz?

Pankracek nie wiedział, że samochody mogą popsuć się od stania, więc prędko sprawdza: nakręcił i puszcza.

– Jeździ!

– Daj! Teraz ja puszczę.

– Wrrr – warczy samochód.

– Tak, jeździ.

Pankracek pyta:

– Jak myślisz? Tych rachunków prędko się nauczymy, prawda?

– O, bardzo prędko – zapewnia Wacek. – Migiem!

– Bo moglibyśmy... – zaczyna Pankracek.

– Co?

– Tylko tak, jeden raz, moglibyśmy jeszcze urządzić wyścigi żabek...

– Och, zróbmy wyścigi żabek! – woła Wacek.

Żabki są dwie – zielone, gumowe. Naciska się pompkę i żabki same skaczą.

Wacek i Pankracek chodzą po podłodze na czworakach i prowadzą każdy swoją żabkę.

– Tu będzie meta. – Pankracek położył drewnianą linijkę na podłodze.

– A tu start.

Wacek ustawił dwie żabki obok siebie.

– Zaczynamy wyścigi. Raz, dwa, trzy!

Hyc, hyc, hyc! – skaczą żabki. Jedna się trochę wywraca.

– Pankracek, nie popychaj palcem! Nie wolno!

– Dobrze, nie będę popychał.

Wygrywa żabka Wacka.

– Jeszcze raz – proponuje Pankracek. Chce przecież, żeby i jego żabka wygrała.

Rzeczywiście, wygrała.

– Jeden jeden! – ogłasza wynik Wacek.

– Jeszcze raz musimy!

Pewnie, że muszą. Co to za wynik jeden jeden? Pankracek wolałby dwa jeden na swoją korzyść. Wacek też nie jest zadowolony.

– Uwaga. Start!

I znowu źle: obie żabki przychodzą do mety jednocześnie.

Właśnie zegar w przyległym pokoju wydzwania szóstą godzinę.

Wacek się podrywa.

– Muszę iść. Mama kazała wrócić o szóstej.

– Oj, szkoda – martwi się Pankracek. – Czekaj, Wacek, zeszytu zapomniałeś.

– Aha – mówi Wacek – te rachunki...

– Musisz przyjść jutro!

Wacek obiecuje:

– Przyjdę! Jeszcze te wyścigi musimy też zrobić.

Dwie żabki siedzą na podłodze. Nie umieją mówić.

Gdyby umiały, może powiedziałyby:

– Ech, co tam rachunki! Czy nie przyjemniej bawić się z nami?

A może powiedziałyby coś zupełnie innego?

Nie wiadomo...

Właśnie!

Jacek od dwóch tygodni ma łyżwy. Już się umie ślizgać. No, nie tak jak Feluś albo Wacek, ale nie wywraca się.

Więc w każdy mroźny dzień po odrobieniu lekcji biegnie na ślizgawkę.

– Jacek, Jacek! Zobacz, jak ja się ślizgam! – woła z daleka Wacek.

– Aha!

– Pankracek, widziałeś, jak ja się ślizgałem? Widziałeś?

– Uhm – odpowiada spod szalika Pankracek i powolutku, z bardzo poważną miną, sunie po lodzie.

A za płotem stoi Ola.

– Przyszłam... – mówi.

– Masz łyżwy?

– Nie mam.

Wacek pyta:

– To po co przyszłaś?

– A… tak sobie.

– Nie ma łyżew i przyszła na ślizgawkę… – dziwi się Pankracek.

– Jacek, Jacek! – woła Ola. – Czy to trudno ślizgać się?

– Oooo! – mówi Jacek. – To jest bardzo wielka sztuka. Wcale nie każdy potrafi!

– A ja?

Ale Jacek nie odpowiada, odjeżdża za Wackiem i Pankrackiem. Wszyscy trzej chcą zobaczyć, jak Feluś ślicznie kółka zakreśla na lodzie.

– Wacek, on jeździ lepiej od ciebie. – Jacek kiwa głową.
– Uhm – pomrukuje Pankracek.
Wacek się skrzywił.
– Gdybym zechciał, tobym tak samo…
– Nie chcesz? Wacek, zechciej!
Wacek wzrusza ramionami.
– Nie, nie mam ochoty na takie chcenie.
Ola też patrzy z daleka na Felusia.
Podjechała do niej Stachurka.
– Nie masz łyżew?
– Nie.

– To... to ja ci pożyczę swoje. Trochę ty pojeździsz, a potem ja. Potem znowu ty, później ja. Chcesz tak?

– Chcę! – wykrzykuje Ola i co tchu biegnie na ślizgawkę.

Stachurka przypięła jej łyżwy.

– A teraz jedź!

Właśnie: jedź! Jedna noga ucieka gdzieś do tyłu, druga nie może za nią nadążyć – fajt!

– Oj, patrzcie! Oj, pęknę! – wybucha śmiechem Wacek.

– Ola ślizga się na czworakach!

– Cha, cha, cha! Hi, hi, hi! – popiskuje z uciechy Jacek.

– Pankracek, pomóż Oli – prosi Stachurka.

A Pankracek:

– Akurat!

W rachunkach jej pomaga, to prawda; Ola ma już trójkę. Ale ślizgawka to nie lekcje! Zresztą Ola tak śmiesznie wygląda, kiedy się wywraca...

– Wacek! – woła Stachurka.

– Figa z makiem! Figa z makiem! – odkrzykuje Wacek.

Wziął rozbieg, już jest na środku ślizgawki.

„Czekaj, Felusiu! Myślisz, że nie potrafię tak, jak ty?".

Jedno kółko, drugie kółko...

– Aha! Zechciałeś? – pyta Jacek.

– Wcale nie. Ja co innego...

...trzecie kółko...

Nawet nie patrzy na Olę, która znów fiknęła w powietrzu nogami.

– Wstań, wstań! – prosi Stachurka.

– Ja już nie chcę! – jęczy Ola. – Myślisz, że przyjemnie tak siedzieć na lodzie? To zimno...

– Ale jeszcze raz spróbuj – przekonuje ją Stachurka. – Teraz ci się uda. Na pewno!

Nie udało się.
Stachurka wzdycha:
– Jaka szkoda!
Aż tu nagle z samego środka ślizgawki – zgrabnie, leciutko sunie do nich Feluś.
– Nie mazgaj się! Wstawaj!
– Ja nie umiem się ślizgać – mówi Ola.
– Myślisz, że to wielka sztuka?
– Jacek mówił, że wielka.
– Wstawaj!
Feluś pomógł Oli się podnieść.
– Daj rękę. I teraz tak, jak ja. No: raz... dwa...
– Raz... dwa... – szepce Ola.
Feluś sunie wolniutko, ostrożnie. Mocno trzyma Olę.
– Widzisz? Nie wywracasz się!
– Nie! – mówi Ola bardzo zdziwiona.
Rzeczywiście, nie wywraca się teraz.
Suną na łyżwach, suną... Na środek ślizgawki wyprowadza już Feluś Olę.
A Wacek mówi:
– Ooo!
Jacek wykrzykuje:
– Aaa!
Pankracek coś mruczy pod szalikiem.
Potem odwraca się i woła gniewnie:
– Wiecie co?!
– Co?
– Eee... nic! – Wacek macha ręką.
– Właśnie! – odpowiadają mu bardzo zgodnie Jacek z Pankrackiem...

Nasze i wasze

Zielona mgiełka przysiadła na drzewach. Z bliska widać, że to mgiełka nieprawdziwa, że drobne, młode listki wyłażą z pąków na gałęziach…

Wiosna!

Mama Wacka otwiera szeroko okno. Stawia miskę z wodą, kładzie ścierkę.

– Dzień dobry! – wołają z ogródka Jacek i Pankracek. – Proszę pani, co pani robi?

– Myję okno. Żeby ładnie było, czysto na przywitanie wiosny!

– Proszę pani, czy jest Wacek?

Wacek jest. Wyskakuje do ogródka razem z Kleksem.

– Mamo, możemy pójść na spacer?

– Ale niedaleko!

– Dobrze. Chodź, Kleksiu!

Jacek z Pankrackiem szastają nogami.

– Do widzenia!

– Do widzenia! – Mama Wacka kiwa im z okna ręką.

Wyszli na drogę, skręcili ścieżką na pole. Wtedy Wacek przypomina sobie wielką nowinę.

– Wiecie co? Mamy nowych sąsiadów.

– Zupełnie nowych?

– Zupełnie. I chłopiec jest.

– Taki jak my? – pyta Pankracek.

– Starszy, ale nie bardzo. Dostał dziś w skórę.

– Aha!

Teraz już prawie wszystko wiedzą o tym chłopcu.

Tylko jeszcze:

– A jak on się nazywa?

– Czy do tej samej szkoły chodzi?

Chłopiec nazywa się Majak.

– Na nazwisko. A na imię nie wiem...

– Ja bym spytał – mówi Jacek.

– Aha, spytałbyś... On się do mnie wykrzywił! O, taką minę zrobił – pokazuje Wacek.

– A ty co?

– A ja jemu język pokazałem.

– Bardzo dobrze! My też pokażemy!

Wacek jest zadowolony z tej obietnicy kolegów. Podskoczył sobie na ścieżce parę razy; Jacek za nim skacze.

A Pankracek nie skacze. Woli rzucać Kleksowi kamienie, bo Kleks umie przynosić je w pysku z powrotem.

– Patrzcie – woła Wacek – już las niedaleko!

– Chodźmy do lasu!

– Ale tylko na skraj – mówi Pankracek – bo moglibyśmy zabłądzić...

– Ja bym tam nie zabłądził – powiada Jacek.

– Ja też nie – dodaje Wacek. – Ale jeżeli Pankracek chce...

– Tak, jeżeli on tak chce, to dojdziemy tylko do skraju lasu – zgadza się Jacek.

W lesie ładnie pachnie. To rozkwitły liliowe fiołki, żółte pierwiosnki i białe zawilce. Jacek aż przysiadł, żeby je powąchać. A Pankracek pociąga nosem i powiada:

– Eee tam, kwiaty! Chodźmy lepiej grać w chowanego.

– Kiedy kwiatki ładne – upiera się Jacek. – Przyjemnie popatrzeć.

– Jak ci się podobają, to narwij ich sobie, a nie marudź.

– Wolno? – pyta Jacek i otwiera szeroko swoje wesołe oczy.

Wacek mówi:

– A kto zabroni zrywać? Kwiaty przecież niczyje.

– Niczyje? – dziwi się ciągle Jacek.

Więc Pankracek znów pociąga nosem i woła, że z Jacka jest najprawdziwsza gapa.

– Twoje kwiaty?

– Nie moje.

– Wacka kwiaty?

– Nie.

Pankracka także nie, a więc: niczyje.

– No to zrywajmy!

Zrywają wszyscy trzej, a Kleks biega dokoła i węszy, i poszczekuje.

Wacek w końcu się krzywi.

– Za dużo narwaliśmy. Po co nam tyle?

– I więdną już – dodaje Pankracek.

– Te zwiędnięte – niełądne…

Pankracek zresztą ma już w ogóle tego dosyć. Co to za zabawa!

– I po co takie śmiecie zabierać do domu? Najlepiej zostawmy to tak, niech leży. – A potem dodaje: – Teraz bawmy się w chowanego. Kto kryje?

Rzucili kwiaty. Stanęli jeden przy drugim, odliczają:

– Raz, dwa, trzy, te-raz kry-jesz ty!

Wypadło na Jacka.

Zabawa taka była przyjemna, że aż żal wracać do domu. Ale trudno, trzeba!

– Bo jeszcze zabłądzimy! – przypomina Pankracek.

Wracają do domu ścieżką przez pole. Kleks prowadzi. Po drodze mija ich trzech mężczyzn. Jeden z nich woła:

– Jak się masz, Wacek! Oglądaliście kwiatki w lesie? Pierwsze wiosenne? My też je zaraz zobaczymy, bo nam droga wypada przez las.

– Dzień dobry panu! – kłania się Wacek i przyspiesza kroku. – Tak, kwiatki...

– To kolega mego taty ze spółdzielni stolarskiej – szepce cicho. – Wiejmy, chłopaki!

A kolega taty woła:

– Gdzież tak lecicie?! – I do swoich towarzyszy: – Ech, chłopcy-pędziwiatry! Tylko biegać umieją, wciąż się spieszą. No, chodźmy.

Jacek, Wacek i Pankracek – w nogi.

Zatrzymują się dopiero na ulicy.

– Ach, jej, co oni zobaczą – mówi Jacek. – Kupkę śmieci?

Wacek ma minę taką głupią, że strach!

Idą dalej i nic już nie mówią.

Następnego dnia w szkole druga klasa wrzask podnosi:

– Coś podobnego! Byliśmy na wycieczce, patrzymy, ktoś tyle kwiatów zniszczył!

– Och, nasze kwiatki!

Jacek z Wackiem i Pankrackiem nie wytrzymują:
– Aha! Więc te kwiaty w lesie to wasze?
A druga klasa w śmiech.
– Patrzcie tylko, jacy oni śmieszni! – pokazują na Jacka, Wacka i Pankracka. – Kwiaty przecież i nasze, i wasze, i wszystkich. Dlatego nie można ich zrywać.
– Żeby się wszyscy nimi cieszyli!
No i oczywiście musieli jeszcze wyskoczyć:
– Wy jesteście dopiero w pierwszej klasie, to może nie wiecie o tym. Jak będziecie w drugiej...
– A właśnie że wiemy! – wrzasnął ze złością Wacek.
Bo naprawdę teraz wszystko stało się jasne, jak to jest z tymi kwiatami.

Patykowa wina

A wszystko przez ten patyk. Tak! Nie przez Jacka, Wacka i Pankracka, tylko właśnie przez patyk.
Rzucali sobie patykami: kto dalej.
Pankracek nadął policzki jak balon – cisnął...
– Eee, niedaleko – odmierza Wacek krokami.
Jacek rzucił dalej, ale znowu nie tak bardzo: tylko o dwa kroki.
– Bo to nie tak – powiada Wacek. – Trzeba wziąć rozmach.
No i jak wziął ten rozmach, to patyk huknął prosto w okno pani Majakowej i szyba brzdęk! – poleciała.
– Ojej! – Jacek wytrzeszczył oczy.
– Och! – Pankracek otworzył szeroko usta.
Wacek ani pisnął, bo aż mu serce zamarło.
Co to będzie?
Tak czy inaczej, najlepiej od razu uciec.

– To nie ja – sapie Pankracek.
– Ja też nie – dodaje Jacek.
– Ja także nie rozwaliłem szyby.
Więc kto?
– Patyk – decydują wszyscy trzej.
Siedli na jakichś deskach leżących niedaleko domu. Machają w powietrzu nogami.
– I po cośmy rzucali tymi patykami...
– To ty chciałeś, Pankracek – przypomina Wacek. Pankracek zezłościł się, aż czerwony się zrobił.
– Ja w ogóle nie chciałem grać w patyki, tylko w piłkę.
– A kto chciał?
– Jacek.
Jacek kiwa głową: tak, to prawda. Chciał...
A tu słychać nagle, jak pani Majakowa krzyczy na całe podwórko:
– To Pietrek zrobił! Na pewno Pietrek! Czekaj, niech ja cię dostanę, to oberwiesz!
Jacek, Wacek i Pankracek aż się skulili.
– Kto to jest Pietrek?
– Ten chłopiec, co się wykrzywia.
– Aha! To niech oberwie. – Pankracek się uśmiecha. – Dobrze mu tak.
Ale Wacek ma minę ponurą.
– On ciągle obrywa. On ciągle coś broi.
– Widocznie jest niegrzeczny! – domyśla się Jacek. Więc właściwie wszystko dobrze się skończy: Pietrek dostanie w skórę, a Jacek, Wacek i Pankracek mogą sobie wesoło grać dalej... No, już nie w patyki – w patyki za nic! Ale w piłkę.
Albo mogą puszczać papierowe samoloty...
– To chodźmy do ogródka – mruczy Pankracek, ale nie rusza się z miejsca.

– Tak, chodźmy – mówi Jacek i też ani drgnie.

– Aha – zgadza się Wacek.

I dalej siedzą na deskach, i dalej wymachują nogami.

Patrzą: drogą idzie chłopiec.

– To... to Pietrek!

– Dostanie lanie? – pyta Jacek i przerażonymi oczami patrzy na Wacka i Pankracka.

Bo jednak to nieprawda: nie on, nie Pietrek rozwalił szybę...

Nagle Wacek zrywa się z desek i goni do domu. Jacek z Pankrackiem za nim.

Na schodach Jacek wyprzedza Wacka. Za nimi sapie głośno Pankracek.

I tak wszyscy trzej wpadają bez pukania, bez „dzień dobry" – do kuchni pani Majakowej.

Może zdążą, a może nie...

Pani jest zmartwiona. Tak, martwi się stopniami pierwszej d.

Wprawdzie Ola już nie ma dwójek z rachunków, Wacek nie ma kleksów w zeszycie, ale czy to wszystko? Wacek spieszy się, spieszy się z pisaniem, czasem po dwa słowa razem napisze... Przecież tak nie można!

Feluś dostał jedną czwórkę – bardzo był z niej dumny.

– To ja już teraz umiem! – cieszył się i grał w piłkę zamiast odrabiać lekcje i po tej czwórce znowu dwóję dostał.

A pani wciąż przypominała:

– Koniec roku się zbliża...

I pani teraz martwi się, że nie wszystkie dzieci o tym pamiętały.

Ola ma przestraszone oczy, Feluś wichrzy sobie rudą czuprynę. Jacek patrzy na panią niepewnie... Oj, nie chcieli, żeby się martwiła, chcieli mieć przecież najlepsze stopnie...

– Tak postanawialiśmy wszyscy... – mruczy Pankracek.

– Tylko że... – wtrąca Basia.

Wojtaszek rozkłada bezradnie ręce.

– Tylko że nie wyszło.

Co tu robić? Co tu robić teraz, kiedy jeszcze trochę – i rok szkolny się skończy?

– A może zdążymy się poprawić? – mówi cicho Stachurka.

Spojrzeli na nią.

– Może naprawdę zdążymy?

I już przybiegli do pani, otoczyli ją kołem.

– My poprawimy stopnie, proszę pani. Poprawimy!

Pani mówi:

– Dobrze, próbujcie. Pomogę wam w tym. Może się jeszcze da coś zrobić...

– Ale tak! Na pewno! – wykrzykuje raźno Jacek.

– Wacek ma z rachunków duże zaległości, mimo że Pankracek mu przecież pomaga...

Pankracek robi się czerwony aż po uszy, Wacek spuszcza nisko głowę.

I nagle Wacek aż się przeraził.

– A jak ja nie przejdę do drugiej klasy?

– Oj, co ty? – wysapał ze zgrozą Pankracek.

Jacka oczy zrobiły się zupełnie okrągłe.

– Nie, nie! Wszyscy przejdziemy...! Chyba przejdziemy... Strach pomyśleć, co by było, gdyby ktoś został na drugi rok!

Siedzą teraz na lekcjach cichutko, uważają na każde słowo... Tak przez jeden dzień, drugi, trzeci...

Gdy na czwarty dzień wychodzą po lekcjach do domu, chłopcy z drugiej wołają:

– Feluś, Wacek! Chodźcie grać w piłkę!

Felusia aż podrzuciło z radości.

– Lecę!

I już robi pierwszy krok po schodach, kiedy Basia krzyczy:

– Feluś, nie! Feluś, przecież wiesz!

Feluś zatrzymuje się w pół kroku – a taką ma ochotę grać w piłkę...!

– No, chodź prędko! – wołają ci z drugiej.

Wacek stoi tuż za Felusiem; też by pograł.

„Jak Felek pójdzie, to i ja" – myśli.

Feluś wolniutko schodzi po schodach, za nim Wacek, Basia, Jacek...

Feluś idzie przez podwórko i zatrzymuje się przy chłopcach z drugiej klasy.

– Ja... ja nie mogę z wami dzisiaj... – mówi cicho. Potem dodaje bardzo poważnie: – Mam robotę taką pilną, że jej!

Ci z drugiej patrzą na niego i nie bardzo rozumieją. Ale Feluś nie tłumaczy. Idzie dalej jakby nigdy nic. Nawet się nie ogląda.

Wacek patrzy wciąż za nim, przestępując z nogi na nogę.

– Ja też mam!

– Co masz, Wacku?

– No... te rachunki! I nie chcę żadnych żabek – wybucha Wacek.

– A niech siedzą w pudełku! – ze złością mówi Pankracek.

Basia umawia się z Olą, Wojtaszek z którymś z kolegów.

Spieszą się wszyscy do lekcji, do poprawiania stopni.

Ale czasu coraz mniej zostaje do końca roku. Więc może zdążą, a może już nie...

Prawdziwy sportowiec

Nikt się nie obejrzał, a tu z wiosny zrobiło się lato. Drzewa już zielenią się na dobre, przy szkolnej drodze tyle kwitnie kwiatów!

Dziś jednak nikt z pierwszej d na kwiaty nie patrzy.

Dziś wszystkie pierwszaki biegiem wracają ze szkoły do swoich domów i każdy, czy to Basia, czy Wojtaszek, Stachurka – to samo wykrzykuje od progu:

– Wyścigi będą w piątek! Na hulajnogach i na rowerach! Dla dzieci!

Potem jedni wołają:

– Och, mamo, ale ja pójdę! Pozwól! Bo Jacek staje do wyścigów. Jacek z naszej klasy!

Inni wołają: „Och, tatusiu!" albo „Oj, babciu!". Różnie wołają, ale wciąż o jednym: że przecież muszą być na tych wyścigach.

Więc mamy, tatusie, babcie i dziadziowie mówią:

– Dobrze! Jeżeli kolega z tej samej klasy… to dobrze. My też pójdziemy zobaczyć.

I kiedy wreszcie przychodzi piątek, na widowni jest caluteńka pierwsza d – jest pani i są mamusie, tatusie, dziadziowie, babcie, a nawet kilka cioć i dwóch wujków. Tylko Jacka nie ma na widowni.

Jacek jest na stadionie!

Stoi przy swoim rowerze – wysoki, cienki, z szopą bardzo jasnych włosów na głowie. W pierwszym rzędzie widowni siedzą rodzice i babcia.

Koledzy machają mu rękami porozumiewawczo. Jacek wie – to znaczy: „Trzymaj się!".

Pierwsze stają do wyścigów małe dzieci na hulajnogach.

Potem startują dzieci na trzykołowych rowerkach. Jacek ma dwukołowy.

W jego czwórce jest piegowaty chłopiec i dwie dziewczynki: jedna ma sukienkę w czerwone grochy, druga – rude, ulizane włosy.

„Marchewka" – myśli Jacek.

Już stoją na starcie... Wysoki pan stojący z boku podnosi chorągiewkę.

Jacek czuje, jak mu serce zaczyna bić coraz mocniej, i myśli już teraz jedno – pewnie to, co każdy sportowiec myśli przed startem, to, co zawsze pomaga najbardziej. Jedno, jedyne, najważniejsze słowo: „Mamo!".

Chorągiewka spuszczona: start!!!

Jadą, jadą, jadą!

Piegowaty chłopiec, Marchewka, czerwone grochy – wszyscy zostali w tyle.

– Ja-cek! Ja-cek! – wrzeszczą pierwszaki.

Jacek pedałuje co sił. Ma ochotę roześmiać się na cały głos!

– Ja-cek! Ja-cek!

Nagle... Jackowi jakby serce gdzieś w gardle stanęło. Co się dzieje? Co to jest? Z rowerem coś niedobrego... To łańcuch, łańcuch, zeskoczył!

Piegowaty chłopiec mija Jacka.

Wyminął.

Czerwone grochy się zbliżają.

Jacek zeskakuje z roweru. Wszystko na nic! Czerwone grochy wysuwają się naprzód!

Nagle dwa rozpaczliwe okrzyki wyrywają się z widowni:

– Jacek, poprawiaj! Poprawiaj, Jacek!

To Wacek z Pankrackiem wyskoczyli na ławkę i tak krzyczą.

Jacek w tej samej chwili pochyla się – już-już łańcuch jest poprawiony. Jeden skok – znów jest na rowerze, właśnie gdy dogania go Marchewka.

Nie, tej nie da się wyprzedzić! Jacek zęby zaciska, pochyla się nad kierownicą, pedałuje, pedałuje, pedałuje ile sił w nogach, ile tchu…

Czerwone grochy zostały przegonione.

– Ja-cek! Tem-po!

A piegowaty chłopiec – niedaleko mety…

Prędzej, prędzej, prędzej!

Na widowni cisza.

Jacek słyszy tylko, jak mu serce wali – i coraz bliżej, bliżej są plecy piegowatego chłopca…

No, jeszcze przyspieszyć, jeszcze tak mocno się wysilić i…

– Hurrra! – wrzeszczą chórem pierwszaki.

Jacek ledwie może złapać dech. Stoi na mecie przy rowerze.

Jej, co za radość! Aż trudno uwierzyć!

Mama kiwa mu z daleka ręką i śmieje się, tak bardzo się śmieje!

Koło Jacka jest mikrofon, przez który podaje się wyniki. Pan w wiatrówce mówi:

– W wyścigu rowerów dwukołowych pierwsze miejsce zajął Jacek…

– Proszę pana – Jacek ciągnie go z całej siły za rękaw – proszę powiedzieć, że ja jestem z pierwszej d! Proszę pana…

Więc cała widownia dowiaduje się o tym, tylko siwa staruszka nie dosłyszała widocznie, bo pyta:

– Kto wygrał, kto?

A najbliżej siedzące pierwszaki walą się kułakami w piersi, aż dudni.

– My! My wygraliśmy, proszę pani!

Jacek już wychodzi ze stadionu. Śliczną piłkę dostał: to nagroda!

Jeszcze chwilka i jest w objęciach mamy.

Babcia pyta:

– Jacusiu, czy nie jesteś zgrzany? Włóż sweterek.

A tatuś? Tatuś mówi coś bardzo ważnego:

– Zachowałeś się jak prawdziwy sportowiec. Dojechałeś do mety mimo defektu.

– Jacek! Jacek! – Otaczają ich pierwszaki. Wszyscy coś wołają, śmieją się, wymachują rękami…

Nagle tatuś znowu mówi coś bardzo ważnego: tatuś całą pierwszą d zaprasza na lody!

Mogłoby być więcej

Koniec roku szkolnego szedł sobie powoli dzień za dniem, dzień za dniem i… przyszedł wreszcie. I jest.

Pierwszaki pięknie się wystroiły, przeczesały na tę uroczystość: dziś każdy dostanie świadectwo.

Stachurka pyta:

– A jak ono wygląda?

– Nie wiesz? – mówi Pankracek.

– Nie, a ty wiesz?

– Ja też nie wiem. Ale na pewno jest na grubym papierze…

– Nie, zwyczajnym. – Feluś kręci głową.

Ola klasnęła w ręce.

– Ja wiem: pewnie jest z obrazkami. Kwiatki namalowane albo i jeszcze coś.

– …i zwierzątka.

– Co? Pies? – ucieszył się Wacek.

Zastanawiają się: pies? Chyba nie, ale może ptaszki. No i w ogóle brzegi pewnie są złocone, w ząbki powycinane. Przecież takie świadectwo – strasznie ważna rzecz!

A świadectwo nie ma ząbków ani złotych brzegów, ptaszków nie ma malowanych, ani jednego kwiatka.

Za to napisane jest dużymi literami na Jackowym świadectwie, że Jacek przeszedł do drugiej klasy.

Na Wackowym – że przeszedł.

Na Pankrackowym…

Pani rozdała świadectwa.

– Winszuję wam – mówi. – Jesteście wszyscy uczniami drugiej klasy.

Ola wytrzeszcza oczy, patrzy na panią, potem zagląda do świadectwa.

– Widzisz – mówi do Basi – moje jest takie.

– Moje takie samo. – Basia się uśmiecha.

– Zupełnie takie samo – cieszą się obie.

Jeszcze raz czytają powolutku od początku. Jednak nie: u Basi napisane „wynik bardzo dobry", u Oli „wynik dostateczny".

Jacek, Wacek i Pankracek też oglądają swoje świadectwa.

Wacek mówi zawiedziony:

– A obiecałeś, Pankracek, że będę miał „dobrze"…

Miało być „dobrze" z rachunków. Pankracek obiecywał… ale Wacek nie bardzo poprawił się z rachunków, a z polskiego tyle tylko, że już kleksów w zeszycie nie sadzi. Cóż z tego? Wacek ma wynik dostateczny.

Jacek ma – dobry.

Pankracek, Basia i Wojtaszek dostają nagrody: śliczne książki w kolorowych okładkach.

Pankracek, Basia i Wojtaszek – to przodownicy nauki w pierwszej klasie. Więc klasa wrzeszczy uradowana:

– Hura, hura, nasi przodownicy!

Tak właśnie jak na wyścigach rowerowych, gdy Jacek dojechał do mety.

A teraz Jacek też krzyczy:

– Hura!

Aż strach, jaki dumny jest z tych przodowników.

Pani mówi:

– Tylko troje w klasie… Mogłoby być więcej!

Więc Jacek myśli sobie:

„Pewnie! Ja też mógłbym… I książkę bym taką dostał".

A Stachurka myśli:

„Albo ja? Dlaczego ja nie jestem przodownicą?".

I Wacek:

– Wszystko przez te kleksy i rachunki. Jak je poprawię, to…

Pankracek sapie.

– Na przyszły rok, na przyszły rok… – powtarza. – Wacek, zobaczysz! Jacek, zobaczysz!

Zobaczą, pewnie, że różności zobaczą na przyszły rok.

A tymczasem wszyscy biegną do pani, skaczą dokoła niej jak wróble.

Wszyscy są już w drugiej klasie! Chciałoby się koziołki fikać z radości!

Jutro będzie przedstawienie w szkole; mamy i tatusie przyjdą na nie.

A pojutrze? Pojutrze już będą wakacje!

List od Wacka

Ledwie się zaczęły wakacje, Wacek pojechał na kolonie. Przed wyjazdem pożegnał się z Jackiem i Pankrackiem.

– Napiszę do was list – obiecał.

Jacek i Pankracek jeszcze są w mieście, ale też niedługo wyjadą. Jacek z rodzicami i babcią pojedzie w Tatry, a Pankracek – nad morze.

Tymczasem bawią się codziennie razem i codziennie Pankracek pyta Jacka:

– Czy dostałeś list od Wacka?

– Nie, a ty?

– Ja też nie.

Kręcą obaj głowami, bardzo są niezadowoleni.

– Oj, ten Wacek!

– Obiecał, że do nas napisze, i nic.

– Taki kolega!

Ale Wacek nie jest złym kolegą: napisał list.

– Ja, ja pierwszy przeczytam! – woła Pankracek, wydzierając Jackowi niebieską kopertę.

– Nie! Właśnie że ja!

– To czytajmy razem.

Usiedli przy stole, rozłożyli list przed sobą. Czytają. List Wacka niedługi: że wesoło na koloniach – pisze, że na wycieczce był, że…

– Co jeszcze?

„…myjemy słodkie ciasto codziennie" – odczytują.

– Widzisz ty? – zdumiewa się Jacek. – Ciasto myją na tych koloniach.

Pankracek też nie może się nadziwić.

– Ale po co?

– Może brudne dostają?

– Gdzie tam brudne! – Pankracek kręci głową. – Pewnie takie mają zwyczaje na tych koloniach, że wszystko trzeba myć: uszy, szyję i… ciasto tak samo.

– Pewnie – zgadza się Jacek i pyta: – A jak oni myją?
– Co?
– No, to ciasto. Mydłem czy jak?
– Chyba mydłem.
– Może takie umyte lepiej smakuje?
– Może – przytakuje Pankracek.

Naradzali się chwilę: nie ma co, trzeba spróbować! Wróci Wacek z kolonii, spyta: „A u was jak tam? Myjecie słodkie bułeczki? Bo ja to zawsze. Innych nie jem!".

No i co mu wtedy powiedzą?

A Jackowa babcia właśnie piecze w kuchni bułeczki. Słodkie są, świeżuteńkie, w środku każdej jest truskawkowa marmolada.

Jedną taką bułeczkę dała babcia Pankrackowi, drugą – Jackowi.

– Żebyś wiedział, jakie pyszne! – mówi Jacek. – Moja babcia pyszne bułeczki piecze.

Ale Pankracek woła:

– Czekaj! Nie będziemy przecież gorsi od Wacka.

Jacek cofnął prędko bułeczkę od ust.

– A nie będziemy! My tak samo jak on…

Pobiegli do łazienki.

Pieni się mydło na pachnących bułeczkach; szorują je aż miło.

Pankracek mówi:

– Ja jeszcze szczotką spróbuję. Niech tam!

Więc Jacek:

– I ja szczotką!

A po chwili:

– Moja umyta – powiada Pankracek – tylko jakaś się miękka zrobiła…

– Moja też taka miękka.

Wychodzą z łazienki bardzo zadowoleni.

– Jedzmy!

Jacek odgryzł kawałek swojej bułeczki. Pankracek zrobił to samo…

– Dziwny smak, co?

– Nie… niezu… niezupełnie dobry – krztusi się Jacek i krzywi niemiłosiernie.

– Czuję jakoś – mówi Pankracek – czuję jakoś, że dziś nie mam apetytu na bułeczkę…

Odkłada swoją. Jacek tak samo.

Na brzegu stołu leżą obok siebie dwie rozciapane, mokre bułeczki.

Jacek i Pankracek patrzą na nie i wzdychają.

– Biedny ten Wacek, że takie ciasto mu dają…

– Jaki biedny!

– Czekaj no! – woła nagle Jacek. – A możeśmy list źle przeczytali?

Więc jeszcze raz czytają i jeszcze raz… Aż tu Pankracek jak nie wrzaśnie:

– Wacek wcale nie biedny, tylko…

– Tylko co?

– Tylko jak on napisał, jak napisał! Zobacz!

– Oj, ten Wacek! – wykrzykuje Jacek. – No naprawdę! Nie uważa przy pisaniu; czy to się razem pisze: „my jemy…"?

Patrzą znów na stół, wzdychają obaj:

– Dwie bułeczki zmarnowaliśmy…

– …że Wacek źle pisze!

– Że błąd zrobił.

Dwie bułeczki zmarnowali. Z marmoladą!

Klasa II d

Wakacje, wakacje – i już po wakacjach.

Znów droga znajoma, która wiedzie do szkoły. Przy drodze czerwone jarzębiny.

Idą razem we trzech: Jacek, Wacek i Pankracek; tornistry mają na plecach, miny wesołe.

– Patrzcie! – krzyczy Jacek. – Już widać szkołę!

Puszczają się biegiem. Za nimi ktoś woła:

– Poczekajcie! Jacek, czekaj na mnie! Wacek, Pankracek!

To Stachurka nie może nadążyć. Chłopcy przystanęli, czekają.

– Jaka ta Stachurka czarna! – wołają.

– Bo ja się opaliłam…

Jacek, Wacek i Pankracek też się opalili, a Pankracek jest chyba jeszcze więcej pyzaty niż dawniej.

– Oj, jak się cieszę – Stachurka aż podskakuje z radości – jak ja się cieszę, że się szkoła zaczyna!

– Ja też – mówi Jacek. – Czy w drugiej klasie można należeć do kółka sportowego?

– Nie wiem. – Pankracek kręci głową.

Wacek myśli, że chyba można.

– Ja w tym roku będę miała same piątki – powiada dumnie Stachurka.

– Ojej, naprawdę? – dziwią się chłopcy. – A skąd wiesz?

– Bo tak. Obiecałam mamusi.

– Ja i tak mam same piątki, bez obiecywania – mówi Pankracek.

Jacek tylko wzdycha. A Wacek woła:

– No biegnijmy, biegnijmy do szkoły!

Wpadli w drzwi szeroko otwarte, spieszą korytarzem. Tutaj stoją już dzieci. Wiele z nich ma nowe tornistry.

Jakaś dziewczynka płacze.

– Mamuusiu! – woła. – Ja nie chcęęę…

– Dlaczego płaczesz? – pyta Jacek.

Dziewczynka patrzy na niego szeroko otwartymi oczami.

– Nie bój się – mówi Stachurka. – Ty pewnie jesteś z pierwszej klasy.

– Z pierwszej!

– Jaka śmieszna! Szkoły się boi – parska Stachurka.

Biegną dalej.

– Tu chodźcie, tu! – nawołują z końca korytarza Wojtaszek z Felusiem.

Basia wymachuje ręką nad ich głowami, Ola wyskakuje na spotkanie.

– Ławki mamy zupełnie nowe!

– I kwiatki w oknach!

Stachurka wpada do klasy.

A Jacek, Wacek i Pankracek – nie. Stoją przed drzwiami, uważnie oglądają napis:

KLASA IId

Oglądają, oglądają i coś sobie pewnie myślą, bo Jacek aż brwi zmarszczył. Te swoje jasne brwi, których prawie wcale nie widać.

A potem?

Potem wbiegają do klasy.

Potem dzwonek długo, długo dzwoni srebrzystym, wesołym głosem…

Więc wszystkiego dobrego w nowym roku szkolnym, wszystkiego dobrego w drugiej klasie – Jacku, Wacku i Pankracku!

Spis treści

Wydawnictwo NASZA KSIĘGARNIA Sp. z o.o.
02-868 Warszawa, ul. Sarabandy 24c
tel.: 22 643 93 89, 22 331 91 49
faks: 22 643 70 28
e-mail: naszaksiegarnia@nk.com.pl

Dział Handlowy
tel.: 22 331 91 55, tel./faks: 22 643 64 42
Sprzedaż wysyłkowa
tel.: 22 641 56 32
e-mail: sklep.wysylkowy@nk.com.pl **www.nk.com.pl**

Redaktor wydania ***Małgorzata Grudnik-Zwolińska***
Opracowanie DTP, redakcja techniczna ***Joanna Piotrowska***
Korekta ***Jolanta Sztuczyńska***

ISBN 978-83-10-12015-1

PRINTED IN POLAND

Wydawnictwo „Nasza Księgarnia", Warszawa 2017 r.
Druk: EDICA Sp. z o.o., Poznań